青薔薇アンティークの小公女２

道草家守

富士見Ｌ文庫

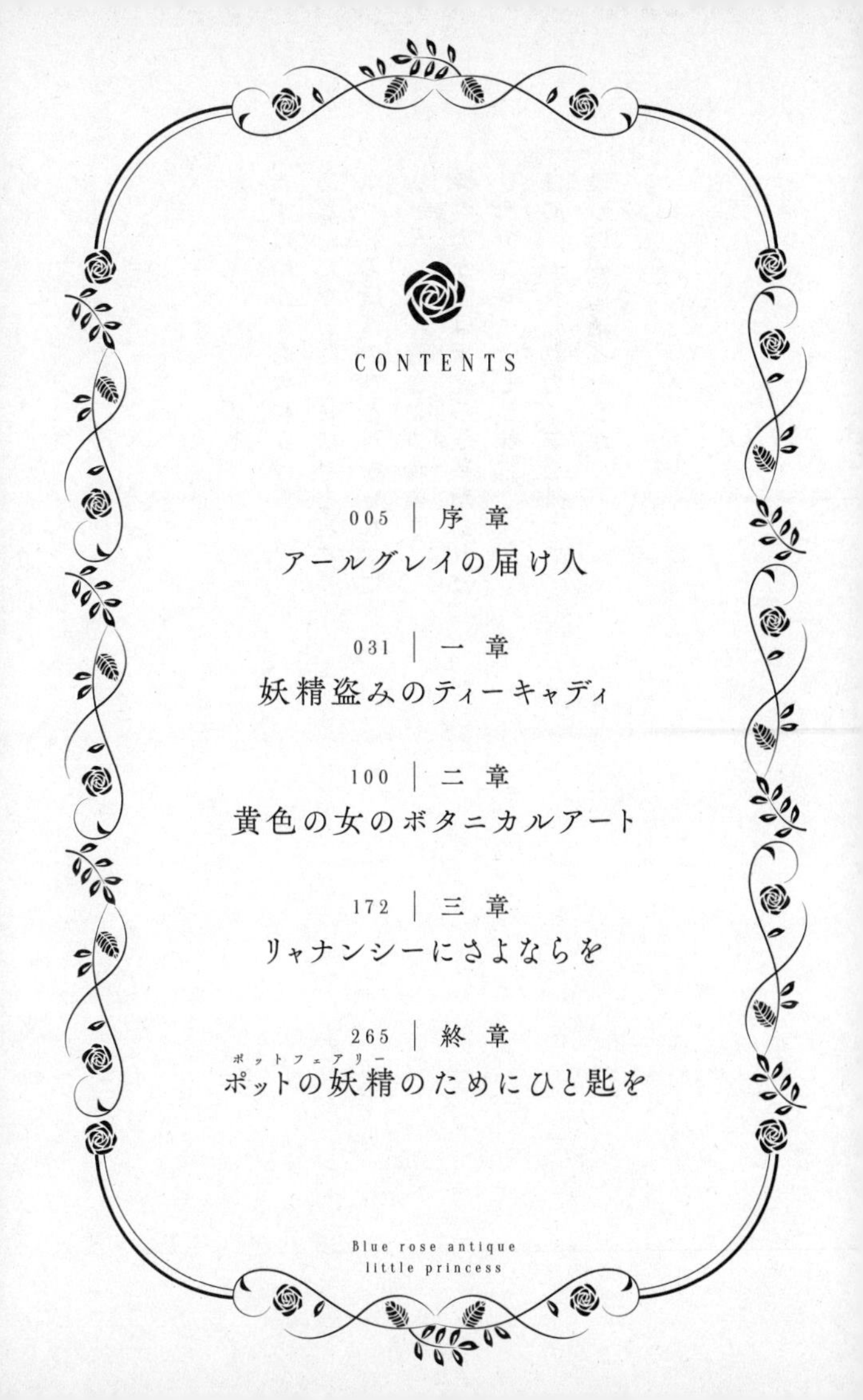

CONTENTS

Blue rose antique
little princess

まずはやかんを火にかけて
あなたにひと匙(さじ)　私にひと匙
ポットの妖精(ポットフェアリー)のひと匙を忘れずに
しゅんしゅん沸き立つ湯を注ぐ
酔わぬが頭は冴(さ)える紅茶があれば
リャナンシーはもう味方
さあ、それぞれカップを持って
優しい時を過ごそうか

序章　アールグレイの届け人

ローザは鼻筋を撫(な)でる冷気でゆっくりと目覚めた。

無意識に毛布を引き寄せてくるまろうとしたが、途中であれ、と考える。

貧民街のハマースミスにあった部屋は、すきま風が常に吹き込み、ぼろの毛布一枚で母と身を寄せ合ってしのいだ。けれど、今は冷気は感じるが、寒いと思うほどではない。しかも肌に触れるシーツは滑らかで、良(い)い匂いすらする。

ローザはそろりと目を開けた。

そこは多くのアンティークにあふれた部屋だった。自分が眠っていたのは、天蓋付きのふかふかのベッドだ。周囲の壁紙は淡い橙色(だいだいいろ)で、植物を意匠化した柄は洗練されていて目に優しい。

壁際には制服のドレスをしまうクロゼットや、書き物用のライティングビューローと椅子が静かに佇(たたず)んでいる。暖炉の上にはかつては大邸宅を彩っていただろうキャンドルスタンドが飾られ、その間で愛らしい妖精のフィギュリンが踊る。

それらは、店の主(あるじ)アルヴィンが使っても良いと言ってくれたアンティークだ。

ベッドの隣にある、サイドテーブルの上の小さなクッションには、表面にサラマンダーが彫られたロケット……母の形見が鎮座している。

ローザは寝間着のまま、ベッドから抜け出した。

居間に行くと、まず目に飛び込んでくるのは、椅子に座った大きな熊のぬいぐるみだ。セオドアからもらったぬいぐるみは、その丸い膝に雑役婦のクレアから贈られたハニカム柄の膝掛けを乗せていた。もらったときのことを思い出して自然と表情が緩む。

そのままふかふかのラグを踏んで窓まで歩き、分厚いカーテンを開けた。

飾ってあったオパリンググリーンの花瓶の表面と、花瓶のくびれた部分に結びつけた白いリボンが日の光で艶を帯びる。

日は昇っていて明るいが、眼下にあるはずの通りは霞がかりおぼろげにしか見えない。ルーフェン名物の霧だった。冬になると生じることの多い霧は、ルーフェンの町並みを幻想的に彩る。ただ窓を開けても、以前のように饐えた匂いはしないだろう。

ここは常に喧噪が聞こえ、汚臭の漂う、亡き母と暮らした部屋ではない。ノッティングチャーチストリート、中上流階級が住む地区にあるテラスハウスの三階だ。

「引っ越してきたのを、忘れていました」

母が居ない悲しみは、いまだに胸にある。

けれど、確かに宿る温かな気持ちに、ローザは少しだけ微笑んだ。

ローザ――ロザリンド・エブリンは、今年の春になる前に母ソフィアを亡くした。

悲しみが癒える間もなく勤め先を解雇され、花売りをしてもうまくいかず、住んでいた家を追い出されかけていたのが、初夏の頃。

窮地を救ってくれたのは、アルヴィン・ホワイトという青年だ。

ローザは彼が店主を務める、「青薔薇骨董店（ブルーローズアンティーク）」の従業員として雇われることになった。

花と妖精の意匠の骨董（こっとう）だけを取り扱う中上流階級向けの店で、労働者階級（ワーキングクラス）のローザを従業員にする。

願ってもない話だったが、階級によって利用する店すら違う身分社会の中で、本来ならあり得ない話だ。うなずいたものの、あまりの場違いさにローザははじめ萎縮した。

アルヴィンは銀の長い髪を束ねた異質な髪型が良く似合い、顔立ちは妖精のように美しく浮き世離れしている。言葉使いと振る舞いは、店を経営する中上流階級とは思えないほど洗練されたもので、どこか違う世界の住人のようだった。

みすぼらしかったローザとは、大違いで。

けれどアルヴィンは、根気よく関わり、様々なものを授けてくれた。

「僕は青薔薇（ブルーローズ）のような君がいい」

かなり風変わりで、とてもずれていて、けして普通ではないけれど。

彼のおかげで亡き母の想(おも)いと共に、背筋を伸ばす勇気を得られた。

そして、アルヴィンの抱える想いも垣間見(かいまみ)て、そばにいたいと思った。

だからローザは、今日も青薔薇骨董店の青薔薇として、店に立つのだ。

身支度を整えたローザは、階段を下りて地下にあるダイニングルームへ向かう。

室内には、五十代くらいの明るい栗色(くりいろ)の髪を簡素に結い上げたふくよかな女性がいた。
このテラスハウスで雑役婦をしてくれているクレアだ。

湯気の立つ朝食を並べていた彼女は、ローザにすぐ気づくと朗らかに笑った。

「おはようローザさん。やっぱり早いのね、引っ越してまだ部屋に慣れないかしら？」

心配げに眉尻を下げるクレアに、ローザは表情を緩めて応じた。

「おはようございます、クレアさん。いいえ、むしろ部屋が暖かくてよく眠れますから、すぐに起きられるのです」

「なら良かったわ。それにしても、すっかりエセルのお出迎えが習慣になったわねぇ」

クレアの言う通り、ローザの足下には灰色の立派な毛並みをした猫エセルがいた。

このテラスハウスに棲(す)み着(つ)いている猫だ。彼はローザが青薔薇骨董店で働き始めた頃から不思議と友好的で、ローザの部屋には入らないものの、頻繁に姿を現してくれる。

温かい気持ちでローザがしゃがみ込んでエセルの喉元を撫でてやると、彼はごろごろと喉を鳴らした。

あまり撫でさせてもらえないクレアはその様子に少々うらやましそうにしつつも、エセルに声をかける。

「じゃあエセル、ご飯の時間にしましょう。そろそろ食いしん坊達が来るだろうから、ローザさんは気にせず先に食べていてちょうだいね」

「はい。ありがとうございます」

ご飯のときだけは寄ってきてくれるエセルと共に、クレアは足取りも軽くキッチンルームへと去っていく。

礼を言ったローザはテーブルに並べられた朝食を見て、ぐうと空腹を覚えた。

アルコールウォーマーの上に置いてあるフライパン内では、色よく焦げ目がついた縦に割ったソーセージがたくさん並んでいる。その脂を吸わせるように、山盛りのスクランブルエッグもあった。

焼き目をしなびさせないためにあるトーストスタンドには、薄く切ったトーストがいくつも立てかけられてある。隣に塊のパンが鎮座しているのは、足りなかったら暖炉であぶれるようにという配慮だろう。

良い匂いに釣られるようにローザは定位置に座ったものの、家主がいないのに手を付けることはできなかった。

ローザがそわそわとしていると、すぐにダイニングルームに大柄な青年が現れた。

鷲鼻（わしばな）が特徴的な彼は、スラックスにラウンジスーツを着ており、いつもは後ろに撫で付けられている銅色の髪はまだ下ろされていて、厳（いか）めしさは和らいでいる。

テラスハウスの二階の住人セオドア・グリフィスだ。

「おはよう、エブリンさん。アルヴィンはまだか」

「おはようございます。そうですが……む、……えっ」

ローザの答えを聞いたとたん、ため息をついたセオドアは踵（きびす）を返した。

立ち上がったローザが階段ホールまで追いかけると、ちょうど上階から扉を開ける音が響く。耳を澄ますとセオドアの叱る声が聞こえた後、二人分の足音が下りてくる。

規則正しいのはセオドアだ。そして彼の後ろから、ゆったりとした足取りで続いたのが銀色の青年だった。

肩口から滑らかに落ちる銀髪は、丹精込めて作られた銀細工のように繊細だ。今は背に流されている髪は、男性としては長めだがそれがよく似合う。整った鼻梁（びりょう）も薄い唇も、まるでおとぎ話の妖精のように美しい。

彼は青薔薇骨董店の店主であり、客からは妖精店主（フェアリーマスター）と呼ばれる、ローザの雇い主だ。

「アルヴィン、しゃきっとしろ」

「昨夜（ゆうべ）は地域ごとの妖精の性質を分類していたら、眠るのを忘れてしまったんだ」

「それでも朝食は、部屋に居る限り時間通り食べる約束だ。なにより今はエブリンさんが居るんだぞ」

セオドアの言葉で、銀の青年アルヴィン・ホワイトは眠たげな銀灰色をローザに合わせる。美貌がゆっくりと笑みに綻んだ。

「おはよう、ローザ。寝癖がちょっと付いているね」

その指摘にローザは自分の髪を慌てて押さえて顔を赤らめた。

まだ制服に着替える前だったから、簡単な身繕いで済ませていたのだ。癖のある黒髪は、手をかけないとすぐに跳ねてしまう。

アルヴィンもラウンジスーツというくつろいだ服装だし、男性にしては長い髪もまとめていない。ここはもうローザの家なのだから、あまり気にしなくても良いのかもしれない。ただやはり男性に、しかも見目麗しい人に指摘されるのは、大変に恥ずかしい。

地下にまで下りてきたセオドアがあきれた顔をしたが、はちりと瞬いたアルヴィンがぐっと覗き込んでくる。

ローザは思わずのけぞった。

「顔が赤らんでいるね。距離はあったけれど、先ほどまでは平静のようだったから、体調不良というわけではないよね。僕がなにか恥ずかしがらせることを言ってしまったかな」

「あの……ええと」

「あれ、また赤くなった。そういえば最近寒くなってきたし、やはり体調が良くないのかな、……おや」

頬に手を添えかけられ、ローザがたじたじになっていると、ぐいとセオドアがアルヴィンを引き離してくれる。

「アルヴィン、女性にそういった態度は禁物だと言っているだろう。エブリンさんもきっぱり言わんと、こいつはわからんぞ」

「そう、なのですが……」

セオドアが忠告してくれるが、わかってはいるものの、ローザはさすがにまごついた。

アルヴィンは少々風変わりで、感情の機微に疎い。普通の人なら察してくれる部分に気づかないから、はっきりと言葉にして伝えなければならない。のだが、寝癖を指摘されるのは恥ずかしいから遠回しに言ってくれ、などとは言いづらい。

そもそもアルヴィンに悪気がないのはわかっているし、自分も決まりが悪いだけで不快になったわけでもない。

ローザは小さく息を吸って動揺を鎮めた後、思い切って言った。

「寝癖を指摘されたのが恥ずかしかっただけなので、お気になさらないでください。それよりも、お腹が空いたので朝ご飯をいただきましょう！　今日はソーセージとスクランブルエッグなんですよ」

「エブリンさんはお前のことを待っていたのだからな。彼女の性格上、お前より先に食べるのはまだ無理だ」

セオドアが付け足すと、アルヴィンはようやく腑に落ちたように眉尻を下げる。

「確かに、お腹が空くのは良くないね。ローザ、待たせてごめんね」

アルヴィンの謝罪が聞こえたのか、キッチンのほうからクレアが顔を覗かせる。

「アルヴィンさん、やっと来たんですね！　もう、強盗で損失がたくさん出たんですからしっかり働かなきゃいけないでしょうに。ともかくせっかくですから朝ご飯を温かいうちに食べてくださいな。あなたと違ってグリフィスさんは出勤時間があるんですからね。グリフィスさんもアルヴィンさんの世話を焼くのはほどほどで良いんですよ」

「ごめんなさい？」

「あ、ああ……」

立て板に水を流すようなクレアに、アルヴィンとセオドアが神妙な顔になる。

クレアの前ではおとなしい彼らに、ローザはくすりと笑った。

これが、今のローザの日常なのだ。

彼らの脇を、食事を終えたらしいエセルが悠々とすり抜けていった。

案の定出勤時間が迫っていたらしいグリフィスは、慌ただしく出て行った。

それでもスクランブルエッグとソーセージを挟んだトーストサンドを五つも平らげていったのだから、さすがの健啖家ぶりだ。

一方、青薔薇骨董店の開店時刻はアルヴィン次第だ。基本は午前中に開店するが、アルヴィンが研究に夢中になれば午後に少しだけ開けたり、妖精の相談事が持ち込まれると休業したりというのも珍しくない。

日々の糧を得るため必死に働く環境しか知らなかったローザにとって、アルヴィンの気まぐれな営業形態は驚くべきことだ。あくまで妖精の研究が目的で、骨董店は副業なのだと教えられていてもやはり不思議に思う。

財力があるのは確かなのだろうが、ローザは以前の勤め先であるトンプソンクリーニング社のオーナーを知っている。一代で会社を大きくし、郊外の邸宅で豊かな暮らしをしていても親しみを感じさせたが、アルヴィンのような空気は持っていなかった。

ある種の気品や余裕、優雅さとでも言うべきその物腰を、アルヴィンはどこで身につけたのだろうか。

ローザが見つめる先で、アルヴィンはのんびりと紅茶の仕度をしていた。

彼が紅茶の缶の蓋を開けると、固く封がされていたようでぽんっと音がした。

彼がお茶を淹れる姿は、とてもきれいだ。今日のティーポットである白地のぽってりしたシルエットのボーンチャイナへ、ティースプーンで茶葉を入れる。

アルコールランプが仕込まれたティーケトルでお湯を沸かし、ティーポットに注いだ彼は、ローザにミルクピッチャーとティーカップを差し出す。

予感がしたローザは、少し緊張して背筋を伸ばした。

「はいローザ、今日のティーカップはなにかな？　抽出時間は五分くらいかな」

アルヴィンは日常の中で実際の品物を使い、アンティークに関する問題を出してくる。

特にティーカップは、紅茶が入るまでの間に素早く特徴を捉える必要があるのだ。

問いかけられたローザは、そっとカップを持ち上げた。

ティーカップは持ち手であるハンドル、シェイプと呼ばれるカップの形状、カップの底にある高台と、受け皿であるソーサーで構成されている。

今回のカップは表面に花束の意匠が華やかに描かれたものだ。縁には金彩と呼ばれる手法で金が着色されていて、艶のある華麗な雰囲気になっている。

シェイプの形状に流行はあるが、それだけでは時代を判断できない。じっとカップの肌や厚みを観察し、柄を見て、高台裏のマークを確認する。

「高台裏には青で下絵付けされた双剣のマークが描かれていますね。これはマイセン磁器を証明するものです。デーヴェント国の有名な窯元なので模倣品も多いですが、輝くような白磁の透明感と、鮮やかで精巧な花の絵付けと金彩からして、本物でしょう」

そっとうかがうと、アルヴィンはうなずいた。

「正解だ。好きなだけミルクを入れてね」

当たっていた。ようやくあまり緊張せずに陶磁器を扱えるようになった気がする、と思いながら、ローザはカップにミルクを控えめに注いだ。

そして、アルヴィンの手によって内側にまで写実的な薔薇が描かれたカップに琥珀色の紅茶が注がれていくのを眺める。

「花柄が良く描かれるのはお茶会を開くのは女性が中心だからだ。とはいえ男性が参加するときもあるから、そのようなときは愛らしすぎる小花柄は避けるのがマナーとされているね。僕は気に入った柄でお茶を楽しめば良いと思うけれど、お客さんの中にはそういったことを気にする人も居るだろうから覚えておくと良いよ。はいどうぞ」

「ありがとうございます。……あれ？」

ミルク色に染まった紅茶を一口飲んだローザは、その味に戸惑った。

向かいに座り同じくティーカップを傾けていたアルヴィンがすぐに気づく。

「どうかしたかい？」

「その、いつも通りおいしいのですが、アルヴィンさんがいつも淹れてらっしゃるアールグレイではないのだな、と」

アルヴィンは客用、日常用や気まぐれで飲む茶葉を変えている。だが、朝は特にベルガモットの香りがついた紅茶、アールグレイを淹れる率が高かった。唯一アルヴィンが「好き」だと明言した紅茶だったため、ローザの印象に残っていたのだ。

そういえば、今日アルヴィンが持って来た紅茶缶がいつもと違っていたことに、今さら気がついた。

ローザの疑問に、アルヴィンはああ、と納得して話してくれた。

「アールグレイを切らしてしまっているから、今日は別の茶葉なんだよ。もうそろそろ届けに現れるだろうから、それまでの我慢だね」

「届けに、現れるのですか？」

言い回しが奇妙だった。

ローザが深く尋ねる前に、ちょうどダイニングルームに現れたクレアが顔を顰(しか)める。

「またあの失礼な貴族様が来るんです？　紅茶なら買ってくれば良いじゃないですか。そりゃあ、シャーレー紅茶みたいな高いばかりでおいしくないのもありますけど、アルヴィンさんなら見分けられるでしょう？」

クレアはおっとりとした風貌に似合わず、はっきりと好悪をあらわにするほうだ。

しかしながら、彼女がここまで嫌そうな顔をするのを初めて見て驚いた。

だがアルヴィンは慣れた様子で曖昧な微笑(ほほえ)みを浮かべる。

「うーんでも、あの子は言わなくても持ってくるし、チョコレートや砂糖はクレアも助かっているだろう？」

「それはそうですけど……従者も感じ悪いですし、なによりアルヴィンさんに当たりが強いから、私は嫌ですよ」

硬質な言葉を発したクレアはくるりとローザに向き直った。

「いい、ローザさん。もしあの方達が来たら嫌な思いをする前に隠れるんですよ！」

「え、でも……」

お客様に対してそれはどうなのだろうか？　ローザは困惑しながらクレアを見送る。

当のアルヴィンはいつもと変わらずティーカップを傾けていたのだった。

紅茶を運んできてくれる、クレアが嫌う「貴族様」とは一体誰なのだろう。

ローザは青薔薇骨董店の開店準備をする間も考えていた。

以前強盗に入られて荒らされた店内だったが、今では整理がついていた。アルヴィンが商品を陳列し直し、元の美しさを取り戻している。

バックヤードから木箱を運んできたアルヴィンは、ローザを見つけると微笑んだ。

「おお、今日のローザはミシェルの新作だ。青ではないけどよく似合うね」

率直な感想に、わかってはいてもローザは顔を赤らめた。

「ミシェルさんが青だけじゃつまらないとおっしゃって、工夫してくださったのです」

ミシェルはアルヴィンと知り合いの仕立屋の店主だ。

「ハベトロット」という妖精の名が冠されたその店では、アルヴィンの計らいでローザの制服を仕立ててくれている。

夏の間は青薔薇骨董店にちなんだ青が多かったが、今日の装いは柔らかい橙みがかった黄色を基調としていた。スカートはベージュ地に小花柄のプリント生地で、ドレープやタックではなくプリーツになっているため、引き締まった雰囲気だ。

ジャケット部分には青薔薇のコサージュが飾られて、青薔薇骨董店の従業員であると主張している。そしていつも通り、服の下には母の形見である表面にサラマンダーの彫金がされているロケットを着けていた。

「ミシェルは玄人だからね。彼に任せれば間違いはない。――じゃあこの手紙を投函してきてくれるかな」

「はい、かしこまりました」

アルヴィンから手紙の束を受け取ったローザは、ショールを羽織ると青い扉を開けた。

カラン、とスズランのドアベルが鳴る。

朝には手の先も見えないほどだった濃い霧は、今は和らいでいた。お昼頃には完全に晴れているだろう。

歩きながらローザが考えるのは店のことだ。

強盗で少なくない被害が出たが、アルヴィンは相変わらず気まぐれな経営を続けていた。

大丈夫なのかと密かに思ってしまうが、彼の本業は妖精の研究であり、妖精学者を自称している。そんな彼に骨董業に力を入れるよう言い聞かせるのも違うだろう。

それでもはらはらしてしまうのも、本当だ。

アルヴィンにはたくさんのことを教えてもらい、うつむかなくて良いと思えるようになった。人に青い目を見られることにまだ忌避感はある。けれど、売り上げに貢献できれば、アルヴィンの役に立つのではないか。

「せめて、接客だけでも、うまくできるようになりましょう」

赤く丸いポストに手紙を投函し終えたローザは、決意を込めて手を握った。

足早に来た道を戻ろうとしたとき、脇の通りが目に入る。

二輪の手押し車にブリキの缶を載せた紅茶売りの屋台があり、店主らしき男がしきりに紳士を呼び込もうとしていた。

「なあ、ミスター！　そんなところで突っ立ってんのも寒いばかりですぜ！　酔わずに頭が冴える一杯はどうだい？」

紅茶の売り口上が響く。

紅茶売りは、早朝こそ熱い紅茶とバターを塗ったパンの朝食目当ての客でごった返すが、昼前になると閑散とする。

この界隈では初めて見るこの店も例外ではないようで、客は一人も見当たらない。店主も、おそらく最後の客と思って声をかけているのだろう。

ローザは紅茶売りが呼び込もうとしている男性に、目が吸い寄せられた。

美しい金の髪だった。例えるなら、職人によって丁寧に金彩を施された黄金の輝きだ。日の光を写し取ったようで、まだ薄もやの中にもかかわらず鮮やかに彼を彩っている。

その金にも負けないほど、容貌も美しいものだった。

アルヴィンよりは年上だろう。若いと称すには落ち着きがある面立ちは精悍（せいかん）に整い、古代の神々のように雄々しい。

着ているのは、見るからに仕立ての良いフロックコートだ、合わせからは懐中時計のものだろう金色の鎖が、弧を描いて揺れているのが見える。

ボウラーハットを被（かぶ）り、手袋をした手には紳士の証（あかし）であるステッキを携えていた。

銀灰色の瞳は鋭く、高貴さを感じさせるその面差しにローザは既視感を覚える。

紅茶売りは無言にもめげずに、金髪の紳士に売り込みを掛けていた。

「口に合わないのを心配してんなら大丈夫だぜ！　うちが使ってんのは、上流階級御用達（アッパークラスごようたし）のウォルツ社の紅茶だからな！」

「……なに」

初めて興味を示した金髪の紳士を、紅茶売りはにんまりとしながら手招きする。

「もちろん出がらしなんてちゃちなもんじゃねえ。とある筋から安く仕入れさせてもらってる本物だ。ほうら、この香り確かめてみてくだせえよ」

屋台のテーブルに来た金髪の紳士へ、紅茶売りは一杯注いだカップを差し出してくる。

とたん、紳士の隣に、帽子を目深に被った男が不自然に近い距離で並んだ。

「俺にも一杯くれよ、バター付きパンも一緒にな。おっとサー、失礼しますよ」

金髪の紳士はぶしつけな男に不愉快そうに顔を顰めるが、そのままでいる。

見ていたローザは、男の手が紳士の腹に伸びるのを見つけて、まずいと思った。

ローザはとっさに紳士と男の間に割り込むと、面食らう金髪の紳士に話しかけた。

「もし、旦那様、懐中時計の鎖が外れているようですよ」

紳士がとっさに顔を下に向けると、確かに先ほどまでベストのボタンホールに塡まっていた鎖が外れ、垂れ下がっている。

ローザは、背後の男が舌打ちをしながら離れていくのを横目で確認する。

紅茶売りの男も、今までの馴れ馴れしさが嘘のように素っ気なくなった。

「今日はもう店じまいだ。行った行った」

ローザ達を追い払うと、そのまま手押し車を押して足早に逃げていった。

粗雑な対応にローザは少し苦い気持ちにはなるが、間に合って良かったとほっとする。

あっけにとられて紅茶売りを見送っていた金髪の紳士は、思い出したように金の鎖をベストのボタンホールに塡め直す。

そして、隣に佇（たたず）むローザに話しかけてきた。

「不作法を許していただきたい。もしや私は、彼らに懐中時計を盗まれるところだっただろうか」

身なりに見合う、とても美しい発音だった。丁寧な物腰で話しかけられたローザは、背筋を伸ばして応じた。

「はい、差し出がましいとは存じましたが……わたしこそ、ぶしつけな振る舞いをして申し訳ございません」

「いいや、助かった。私は全く気づいていなかったのだ。ありがとう」

女性に助けられて不愉快に思われないだろうか、と密かに心配していたのだが、率直にお礼を言われて、ローザは安堵（あんど）した。

「お役に立てたのでしたら、なによりです」

それで別れようとしたのだが、金髪の紳士は忠告するように言い募ってきた。

「ただ、君ぐらいの女の子が街を一人歩きするのは、危ないのではないかな。私のように物取りに遭遇したり、危険な目に遭う。ご両親に怒られないか」

ローザはその言葉で、彼が自分の年齢や身分を勘違いしていると気づいた。

とはいえ、彼が真剣に心配しているのも感じられたので、安心させるために答えた。

「わたしはこの近くにある職場で働いております。今はお使いの帰りでした」

「働いて……!?」

「はい、唯一の身内だった母も亡くなりましたし、わたしも成人している身ですから」

ここまで言えば、ローザが中上流階級以上の身分ではないと察しただろう。

身分のある女性……ましてや少女は自ら働くことなどあり得ない。家族に守られ、結婚すれば夫に守られる。それが裕福な家の女性の当たり前だ。

紳士はローザの発音や立ち振る舞いから、自分と似通った身分だと思ったのだろう。

案の定彼は絶句した。感情をあらわにしないように抑え込んでいたが、それでも、何度も目を瞬くことから驚きが伝わってくる。

「……いや、それは失礼した。女性の年齢は、わからんものだな」

「いえ、お気になさらないでください。ではこれで」

ローザが一言断り、帰途につこうとすると、なぜか金髪の紳士と並んでしまう。

思わず彼を見上げると、決まり悪そうな銀灰の瞳と視線が絡んだ。

「もしかして、ご訪問先の方向は同じでしょうか」

「ああ、この表通りをしばらく……」

これはとても気まずい。

ローザが眉尻を下げていると、金髪の紳士はコホンと咳払（せきばら）いをする。

「私の常識だと、女性を一人歩きさせるのは紳士の名に恥じる行いだ。方向が同じなのも縁ということで、お礼に途中まで送らせていただけないかな」

ローザがぱちくりと瞬く番だ。しかし、この紳士はローザが同じ身分ではないと知っても、横柄にならず丁寧な物腰のまま振る舞ってくれている。

高貴な身分なのは明白なのに、珍しい人だ。

だから、ローザはその申し出にうなずいた。

「送っていただくのは初めてですので、不作法があるかと存じますが、よろしくお願いいたします」

そうして、ローザは金髪の紳士と連れだって歩き始める。

彼はローザの小さな歩調に合わせてくれた。

あまり口数が多くない質(たち)のようだ。それでも彼はあそこにいた理由を教えてくれた。

従者が馬車に忘れた荷物を取りに行き、その間にこのあたりを散策していたのだという。

従者とは、目的の店の前で待ち合わせをしているそうだ。

奇妙な交流だったが、ローザは不思議と居心地は悪くなかった。

ぎこちなくとも、配慮をしようとする姿勢が感じられるからかもしれない。

ふと、金髪の紳士がローザを見下ろす。

「……先ほどは、ご両親について答えさせてしまって申し訳なかった」

「お気になさらないでください」

「いや、近しい身内を亡くすのは、形容しがたい辛さがあるものだと知っている」

紳士の沈痛な面持ちで、ローザは悟る。

「もしかして、あなたも？」

「ああ、以前兄を、な。亡くしたようなものなのだ。今もまだ、呑み下せていない」

彼は言葉を濁したが、真摯な態度や表情から親しい人を失ったのだと理解するには充分だった。

「すまない、しんみりとさせる気はなくてだな。君は母君を亡くしてからさほど経っていないように見える。その中でもしっかりと生きているのは立派なことだ」

言葉少なに哀悼を表す紳士に、ローザは母への思慕がこみ上げてきて、つんと鼻の奥が痛くなる。

「労ってくださり、ありがとうございます」

「いいや……君にはどうにも、気づかわれてばかりだな。気づかおうと思ってもなかなか難しい」

「まだお辛い気持ちを抱えていらっしゃるのに、見ず知らずのわたしを尊重して労ってくださるのが嬉しいのです」

ローザは身分の高い人間の振る舞いについて、少なからず知っている。

「従者と馬車で来た」と語った紳士は、確実にそれなりの身分を持っているのに、不器用ながら寄り添おうとしてくれる。その気持ちがくすぐったくて、少し親近感を覚えた。
ローザの答えに、初めて金髪の紳士は表情を緩めた。
そうこうしているうちに、青薔薇骨董店が近づいてきた。
結局ローザが紳士に覚えた既視感の正体が、わからなかったのは残念だ。
店のそばには、清潔そうだが少し型の古いスーツを纏った青年が立っていた。
そのようなスーツを着ているのは、従者の可能性が高いと、ローザは店に来て学んだ。
仕える主人と区別をつけてもらうためだ。
青年は箱を持っているから、もしかしたら骨董店に品物を売りに来た客かもしれない。
そう考えていると、従者らしき青年がこちらを見てはっとした顔をする。
「マイロード！　なかなかいらっしゃらないから心配しましたよ！」
「ジョン、待たせた。色々あってな」
安堵する従者に、鷹揚に声を掛けた金髪の紳士は、ローザに申し訳なさそうに言った。
「すまない、どうやらここまでのようだ。私はこの骨董店に用がある」
紳士が指し示したのは青い扉……青薔薇骨董店だ。
ローザはこんな偶然があるのかと驚き立ち尽くしかけたが、はっと我に返る。
先ほど、せめて接客だけはうまくできるようになろうと、決意したばかりだ。
だからローザは改めて、金髪の紳士に向き直った。

「お客様に失礼いたしました。わたしはこちらの従業員でございます」

「……なに？」

ローザが背筋を伸ばして片足を引き、腰を落として挨拶すると、金髪の紳士と従者が驚く。それはそうだろう、と思いつつ、戸惑う彼らの横をすり抜け、青い扉を開く。

「ようこそ青薔薇骨董店へお越しくださいました」

だがしかし、金髪の紳士は瞳に複雑な感情の色を波打たせ、動こうとしない。

「君が……」

「おかえり、ローザ。少し遅かったね。おや……？」

その感情の色をローザが読み取る前に、店の奥からアルヴィンの声が聞こえてきた。

奥から現れたアルヴィンは、店の前にいる金髪の紳士を見ると朗らかに言う。

「やあ、ホーウィック卿（きょう）。そろそろ来る頃だと思っていたよ」

アルヴィンが現れたとたん、ローザは金髪の紳士の表情が硬質になるのを見た。

ぎゅっと眉間にしわが寄り、嫌そうな色がよぎる。それはすぐに消えて、仮面のような顔になる。敵意と称してもいい雰囲気だったが、ローザは違和感を覚える。

先ほどまでのぎこちないながらも気さくな表情は、もうどこにもない。

衝撃を受けているローザに、アルヴィンはいつも通りの淡い微笑で紹介してくれた。

「ローザ、彼はクリフォード・グレイ氏だ。いつもアールグレイを持って来る人だよ」

「マイロードが寛大だからといって不敬だぞ」

忌ま忌ましげにアルヴィンへ言葉をぶつけたのは、従者の青年だ。彼は、明らかにアルヴィンに対し敵愾心を剝き出しにしていた。

その敵意を一身に浴びるアルヴィンは、不思議そうな顔をしている。

「ふむ、ならこの家が建つ土地の所有者で、骨董店の出資者と紹介すれば良いのかな」

「次期グレイ伯爵になられる方だというのはあえて忘れているのか！」

従者は火に油を注がれた様子で怒鳴ろうとしたが、金髪の紳士に手で制された。

「ジョン」

「……失礼しました」

ジョンと呼ばれた従者は、箱をアルヴィンに押しつけるように渡す。

受け取ったアルヴィンは蓋を開けて中身を確認しつつ言った。

「うん、いつもありがとう。ちょうどアールグレイが切れたから助かったよ。でも忙しいのだし、わざわざ君自身が来なくても良いと思うのだけれどね」

従者からの敵意が強まって、ローザははらはらと見守る。

クリフォードはアルヴィンの言にぐっと眉間にしわを寄せ、威圧的な声で答えた。

「お前もグレイ家の一員なのだ。それなりの自覚を持ち品格を保ってもらわねばならん」

グレイ家の一員、つまりアルヴィンが伯爵家……上流階級出身と言うのか。

混乱しながらも、ローザは思わずアルヴィンを振り仰ぐ。

ローザの疑問などよそに、アルヴィンはクリフォードに朗らかに応じた。

「そうか、ちょっと派手に新聞に載ったから、監視の意味もあるのだね。でもグレイ家は気にしなくて良いのではないかな。だって僕は『愛人の子』なのだろう?」

クリフォードの表情がさらに硬質化し、従者の顔が怒りに赤らむ。

ローザははらはらとしながらも、唐突にクリフォードに感じた既視感に思い至る。

髪の色彩も、性格も違うが、アルヴィンとクリフォードはどことなく似ているのだ。

一章　妖精盗みのティーキャディ

ローザは店舗部分の奥にあるバックヤードに来ていた。手にはアルヴィンから託された紙箱がある。

アルヴィンはクリフォードを応接スペースに招いて歓待中だ。

普通の客であればアルヴィン自身がお茶まで淹(い)れるが、今回は相手が上流階級(アッパークラス)のクリフォードのためなのか、ローザがお茶の用意を頼まれたのである。

もう一ついつもと違うのは、とローザは考えながら横を見る。

そこには、クリフォードの従者、ジョンがいた。主人の口に入るものの用意を他人に任せられないと主張して、ローザの手伝い……もとい、監視をしにきたのだ。

焦げ茶の髪を撫(な)で付(つ)けた彼は非友好的な態度だったが、バックヤードに入ったとたん驚きの表情で見渡した。

「……驚いたな。前に来たときと見違えるようじゃないか」

「アルヴィンさんが許可をくださいましたので、整理いたしました。お茶を沸かすのもキッチンより近いこちらにあったほうが便利でしたから」

品出しをして物が減ったのをきっかけに、バックヤードに給湯スペースを作ったのだ。湯沸かしのためのティーケトルを置く作業台はもちろん、戸棚にはティーポット、客用の紅茶葉や、定期的に入れ替えるティーセットがしまわれている。時々、クレアの気まぐれで作られる菓子が保管されることもあった。

作業用のテーブルに箱を置いたローザは、そこからアールグレイの茶葉の缶を取り出した。密閉のために固くはめ込まれた蓋を開け嗅いでみると、馴染(なじ)んだ柑橘(かんきつ)の香りがする。

いつも飲んでいた紅茶は、本当にクリフォードが持参してくれていた物なのだ。

「本来ならお前みたいな身分のやつが飲めるものじゃないんだから、大事に扱えよ」

ジョンの声で現実に引き戻され、ローザは緊張し始める。

そうだ、クリフォードは本物の上流階級である。労働者階級(ワーキングクラス)である自分は、言葉を交わすことはもちろん、顔を合わせることもなかったはずの人だ。

先ほど歩きながら話した紳士(ジェントリ)と印象ががらりと変わってしまい困惑していても、そこは変わらない。

ジョンはクリフォードの前ではある程度取り繕っていたが、いわば雇われ者として同じ立場のローザには遠慮がなくなっている。外見通り若いのだろう。

さらにジョンにはクリフォードと歩いてきたところを見られている。クリフォードにされた手短な説明では納得できなかったようで、警戒心が残っているのも感じていた。

改めて気を引き締めたローザは、作業に取りかかった。

「はい。では……」

「茶菓子は箱の中に入っているものを出せ。安いカップを使ったら許さんからな。お、これがいいんじゃないか、クリフォード様にふさわしい華やかさだ」

ジョンは戸棚を見渡すと、飾ってあったカップの一客を取り出した。

お湯を沸かし始めていたローザは、彼の持つ内側にまで金彩と小花が咲き乱れる華やかなカップに、あっとなる。

確かにその花柄のカップは、女性客に出すと歓声が上がるほど好まれる。店に出せる由緒正しいアンティークでもあるから、失礼にはならないだろう。

しかしローザは今日の朝、アルヴィンが言っていたことを思い出した。男性に出すカップの選び方は……。

「それは、男性にお出しするには少々可愛らしすぎますので、こちらの小鳥柄がよろしいかと思いますが、いかがでしょうか」

「なんだって？」

ローザが隣に飾ってあった木の枝に止まる小鳥柄のティーカップを取り出して見せた。いぶかしげにするジョンへ、確認の意味を込めて説明する。

「この小鳥は、ミントン窯が得意とする、パート・シュル・パートと呼ばれる白いエナメルを重ねて柄を作る技法で描かれております。金のエッジングも贅沢に使われておりますので、格という点でも見劣りいたしません。クリフォード様が花を好まれるのでしたらそちらにいたしますが……」

すると腑に落ちていないようだったジョンは、かっと顔を赤らめた。

「っ！　気安いぞ、『ホーウィック卿』と呼べ。高貴な爵位を持った方を名前で呼ぶのは無礼だ」

「失礼いたしましたっ」

すぐに謝罪したローザの前で、ジョンは気まずそうに自身が取り出した花柄のカップを棚に戻した。

「名字に卿を付けとけばとりあえず間違いない……あと、確かにそっちのほうが良さそうだな」

「ありがとうございます。では少しお待ちください」

ほっとしたローザはちょうどケトルから湯気が立ったため、再びアルヴィンの手順を思い返しながら作業を進める。

まずはポットを温めた後、湯を捨ててから、茶葉を人数分ともう一つ多めに入れる。

「待て、一人一杯じゃないのか」

「ああポットの妖精のための一杯なんですよ」

ジョンになにを言っているのだという顔をされた。

その通りだろう。このエルギス国で、妖精はおとぎ話の中の存在だ。妖精女王との契約によって建国されたという伝説があっても、信じている者は殆どいない。ジョンのような反応が返ってくるのが当然である。アルヴィンのように真摯に扱うほうが稀なのだ。

ただ、今回はそれなりに理由があるのだ、とローザは話した。

「紅茶をおいしく淹れるための昔からの知恵なのです。『あなたに一杯、私に一杯、そしてポットの妖精に一杯』という。妖精が紅茶を飲んでしまうから、その分だけ茶葉を多めに入れるとちょうど良く淹れられるという言い伝えですね。……まあ実際は、水によって茶葉の開き具合が違うので、その分だけ余分に茶葉を入れると、ちょうど良くなるということのようです」

そうアルヴィンが朗らかに語った姿を思い出していると、ジョンはなんとも言いがたい表情になる。

「お前は小さいけど、カップの知識といい、妖精の話がすぐに出てくるところといい、さすが骨董店の使用人ってところか。言葉使いも俺よりすごく丁寧だし……まあいい」

ローザは彼の言葉選びと気安い口調から、彼にも年下に見られていると察した。けれどこの場でそれを持ち出すと、きっとさらにややこしいことになると思い口にはしない。

ローザの葛藤には気づかず、ジョンは忠告するように続けた。

「いいか、マイロードの前では妖精の話はするなよ。あの方は妖精なんて絵空事は大嫌いなんだ。それもあの男が妖精にかぶれているせいだけどな」

その口ぶりだけで、彼がアルヴィンに対して良い感情を持っていないのは明白だった。

吐き捨てたジョンは、戸惑うローザに気づくと、憐憫（れんびん）のような目を向けた。

「お前は知らなかったんだろう？　あの男が先代グレイ伯爵の愛人の子だってこと」

図星を指されたローザは、つい手を止める。従者にはそれだけで充分だったのだろう。

「ふうん、話さなかったってことは、あいつにも一応恥だと思う感性があったんだな。お前も妙なところを勤め先に選んだもんだ。マイロードを助けたときの機転といい、気が利くんなら普通に重宝されるだろうに。やっぱりあいつの顔なのか……？」

「あの方が雇ってくださらなければ、わたしは路頭に迷っておりましたので……」

ローザがおずおずと答えると、ジョンは興味をそそられたような顔をする。

とはいえ、雰囲気からしてローザについては少し見直してくれたようだ。

ジョンは困惑するローザに、真剣な顔を近づけてくる。

「いいか、お前の雇い主は全く頼りになんねえからな。マイロードに無礼を働かれちゃ困るし、特別に教えといてやるよ。これはあくまで親切心からなんだからな」

「え、ええと……」

ジョンの圧に気圧（けお）されたローザがまごついている間に、彼は話し始めた。

「グレイ伯爵家の先代様は、首相を務められるほどご立派な方だったが、女性関係だけはだらしなかった。あのアルヴィンは先代様が外で作った子供だ。マイロードと血筋的には叔父と甥の関係になる」

ジョンは、なにも知らないローザにグレイ家の事情を教えてくれるつもりのようだ。

「が、あいつは二十六歳なのに、マイロードは三十歳。叔父と甥なのに年齢が逆転しているんだ。つまり先代様が亡くなる直前の子ということになる。それだけで、関係が複雑なのはわかるだろ」

「あ、あの……」

ローザが戸惑っていても、ジョンは気にしていない。どうやら彼はかなりの噂好きであるらしい。彼の顔には嫌悪と同時に、秘密を語れる喜びと好奇の色が浮かんでいる。

「アルヴィンは十二歳の頃にグレイ家に援助を求めて現れたらしい。パブリックスクールに通われていた当時のマイロードが奴に会ったとき、さすがに青ざめていたそうだ。その頃俺はまだグレイ家に勤めてなかったから又聞きだけどな。当代様は持てる者の義務として、あの男を一族の者として迎え入れたが……」

そこでジョンはぎりっと口惜しそうにした。

「あの男は、家から紳士としての教育と身分を与えられたのに、無下にして中流階級のように店を開いたんだ。自分で手ずから物を売って商売をするなんざ、貴族としては恥さらし以外の何者でもないんだよ！　あんなでっかい家を自由に使ってうまい飯が食えて働かなくて良いのに、こんな店をやってるなんて、意味がわからないぜ」

若干のうらやましさをにじませたジョンは、困惑するローザに気づくと、決まりが悪かったのかコホンと咳払(せきばら)いをする。

「ともかく、あれだけ年が近い叔父だ。マイロードは高貴な方としての鷹揚(おうよう)さと自制心を持たれている。だからあらわにはされないが、相当嫌悪しているはずだ。なのにこうしてあの男の監視を続けておられるのだから、責任感の強い方なんだぞ。わかったな！」

「は、はい！　ジョンさんは、ホーウィック卿(きょう)のことをとても慕われておられるのですね」

そう、ジョンの言葉の端々には、クリフォードへの敬愛が感じられた。

噂好きではあるのだが、こうして家の事情を明かしたのも、本当にクリフォードのためになると思っているからなのだろう。

ローザに指摘されたジョンは、かっと顔を赤らめると顔をそらす。

「と、当然だろ！　だから無礼を働くなよ！」

照れ隠しの強い語気で念を押されて、ローザはこくこくとうなずく。

ちょうどひっくり返した砂時計の砂が落ちきった。

小鳥柄のカップと銀製のティーポットを盆に載せて、ローザは店舗部分にある応接スペースに向かう。

アルヴィンとクリフォードが向かい合って座っていた。

ジョンはクリフォードに問題がなかったことを告げると、店の外に出て行った。

残されたローザは、アルヴィン達の顔を見て先ほどの聞いてしまった話を思い出した。

アルヴィンの立ち振る舞いや言葉使いなどから、元はかなり身分が高いのではないかとは感じていた。

実際に従者を従えるクリフォードが、青薔薇（ブルーローズ）の店内にしっくりとくる様を見るとよくわかる。

ただ、傍らにいるアルヴィンも、彼に似た貴族的な雰囲気を持っていた。

クリフォードは穏やかな店内の空気を拒絶するように腕を組み、険しい表情をしている。険悪というのがふさわしい。

まさか彼らにこのような複雑な事情があったとは思わず、ジョンの噂話を聞いてしまった苦い後ろめたさがローザにまとわりつく。

とはいえ、仕事はきちんとすべきだ。

マナーに則（のっと）り、彼らの前にティーカップを置いていく。

そのようなローザの姿を見つめていたアルヴィンが、銀灰の瞳をゆっくりと瞬かせたが、ローザは気がつかなかった。

「ローザ、ありがとう」

ティーセットを置き終えるとアルヴィンに礼を言われて、ローザは肩の力を抜く。

しかし視界の端でクリフォードの眉間にしわが寄る。

「使用人に礼を言うのか。そもそもだ、身なりがメイドにしては少々派手だが……」

クリフォードの全身から発せられる独特の威圧感に、自分がその言葉を向けられたのではないにもかかわらず、ローザは怯みかけた。

ローザは労働者階級の出身だったが、階級に似合わない言葉使いや立ち振る舞いのせいで周囲から気味悪がられていた。今は少し落ち着いてはいるが、不意に息苦しさを思い出してしまうことがある。

なにより、先ほど自分を労ってくれたクリフォードとは全く違い、語調が堅く険があった。その大きな差が悲しみと混乱を呼び起こす。

うつむきかけたところで、アルヴィンが涼しい顔でクリフォードに答えた。

「彼女は使用人ではなくて、従業員なんだ。表向きの仕事をしてもらっていて、身分あるご婦人達の話し相手をするのに、メイドのお仕着せではだめだろう」

「報告では、労働者階級の少女だと聞いていたが、本当にご婦人の相手をしているのか」

クリフォードが、ローザを見る。

どのような目を向けられるのか、不安が押し寄せる。

けれど、クリフォードの銀灰の眼差しは、深い納得と感心を宿していた。その色は先ほどローザを送ってくれた紳士と重なる。

戸惑いながらも安堵するローザの横で、アルヴィンが口にした。

「うん、やっぱり君、僕が雇った彼女を観察にも来たんだね」

銀灰色の瞳が、再び険しくすがめられる。

それはローザにも肯定を表していると感じられた。

「そうだね。ローザ、改めて挨拶をしておこうか。いつも通りでかまわないよ」

「……かしこまりました」

アルヴィンに言われたローザは自分の疑問はひとまず呑み込んで、座るクリフォードへと体を向ける。

「先ほどもご挨拶をいたしましたが、初めてお目にかかります。こちらで従業員をしております、ロザリンド・エブリンと申します」

スカートをつまみ、片足を引いて腰を落とす。

ローザの流麗な仕草と言葉使いに、クリフォードは目を見張った。

その間に立ち上がったアルヴィンが、ティーポットを手に取り、ティーカップにお茶を注いでいく。

「礼儀を気にする君でも、彼女の言葉使いや態度に文句はつけられないだろう？　それと、このティーカップも君達が気にする配慮が利いているし」

アルヴィンに他意はないようだが、場合によっては当てつけのようにも聞こえるだろう。

ローザはアルヴィンの言動に少々ひやりとしつつも、気づく。

そういえば先ほど、クリフォードがローザに言及したときの言葉も、驚嘆がにじんでいるように感じられた。しかし言葉通りに受け止めると、非難に思えるだろう。

ああ、だから、アルヴィンは先ほどクリフォードの言葉を遮ったのだ。

ぎすぎすとした空気の中で、硬質な表情のクリフォードは小鳥柄のティーカップを一瞥(いちべつ)し、紅茶の色を見てから口に含む。その一挙手一投足に育ちの良さがにじみ出ている。一連の仕草に粗野な気配は一切なく、洗練された空気を感じさせた。

クリフォードがカップを傾けたことに、ローザの緊張が一気に高まる。瞬きするほどの間の後、彼はカップを下ろした。

「いつも飲む味と遜色はない、か」

「だろう？　彼女はこの青薔薇の自慢の花だからね。さて、僕の意図は話した通りだけれど、ほかにまだなにかあるかな」

どこか誇らしげなアルヴィンに、ローザは少々顔を赤らめながらも感謝の意味も込めてちょこんと頭を下げた。

そのまま盆を持って下がろうとしたが、じっとティーカップの中身を見ていたクリフォードが声をかけてきた。

「ミス・エブリン、聞きたいのだが」

「は、はいっ。なんでしょうか」

「茶葉は私が持ってきたもののようだが、紅茶を淹（い）れる手順はいつも通りだろうか」

質問の意図がわからず、ローザは返事に迷う。

アルヴィンも少し興味を引かれたように姿勢を変えた。

「ローザに紅茶の淹れ方を教えたのは僕だから、そう変わらないと思うけれど。ローザ、変わらないよね」

「はい。教えていただいた手順で淹れました。ポットを温めた後、人数分の茶葉に加えてポットの妖精の分を入れて、くみ立ての水を沸かした熱湯で時間通りに……」

手順を説明したローザは「ポットの妖精」の件（くだり）で、クリフォードの顔が顰（しか）められたのに気づく。ジョンの言う通り、クリフォードは本当に妖精の話が嫌いなようだ。

アルヴィンも見たのだろう、苦笑に似た曖昧な表情になる。

「やっぱり妖精は嫌いなのだね」

その言葉には答えずクリフォードはアルヴィンに言った。

「……お前も、紅茶の味は変わらないか」

「変わらないし、お店に出せるくらいには上手に淹れられていると思うよ。君が僕に嫌悪を覚えていても、僕の話を聞き続けていた理由は、お茶の味が気になったから、かな？

——うん、その眉の寄せ具合は肯定だね」

「勝手に人の心を推し量るな」

クリフォードは不快感をあらわにする。

ローザは彼の機嫌を損ねていることにはらはらするが、アルヴィンは困ったように小首をかしげるだけだ。

「けれど、そうでもしないと、僕はわからないからなあ。君は明確に肯定も否定もしないしね。これくらいは許して欲しいものだ。それで、なにかあったのかい」

クリフォードは深いため息をついた後、渋々を絵に描いたような様子で口を開いた。

「とあるティールームで、このアールグレイを取り扱っているのだが、『味が落ちた』と頻繁に苦情が入るようになったらしい。だが卸しているウォルツ社はそのティールームには確かにこれと同じ品質の茶葉を納品していると主張している。それで『妖精盗み（フェアリーセフト）』が起きているのではと、噂まで出てき始めた」

あ、まただ、とローザはクリフォードを見つめた。彼は妖精と口にするたびに、ひどく重苦しい感情を押し殺しているように感じられた。

ただ、彼がなぜあの紅茶売りに興味を示したのかは、よくわかった。紅茶売りがウォルツ社と口にしたからだ。

納得していたローザは、アルヴィンの銀灰の瞳が強く輝くのを見つけた。

「――ほう、妖精盗み、ね。そんな言葉が出てくるからにはそれらしい現象が？」

「味が落ちたと語る者がいる一方で、茶の味はいつも通りだったと答える者も多いからだ。オーナーも困り果てている」

「なるほどね。ますます気まぐれな妖精らしい所行だ」

アルヴィンは妖精や妖精にまつわる事象に強い興味を示す。

彼は、妖精に出会うために花と妖精の意匠の品を集めた青薔薇骨董店(ブルーローズアンティーク)を開いた、と公言している。それほど熱意を持って探究しているのだ。

今回もすぐに根掘り葉掘り聞き出すとローザは思っていたのだが、アルヴィンは両手を組んでゆったりと問いかけた。

「ただ、いつからグレイ家は商売に関わるようになったのかな。上流階級である君達は、商売はもちろん、働いて金銭を得ることを卑しいと忌避していたと思うけれど」

「今でもそうだ。お前の行動を許しているのは、あくまで研究の一環だと言うからだ。今でも骨董屋(こっとうや)などやめてしまえと考えている」

クリフォードが冷然と言い放った言葉に、ローザはジョンの話を思い出した。

『あの男は、家から紳士としての教育と身分を与えられたのに、無下にして中流階級のように店を開いたんだ。自分で手ずから物を売って商売をするなんざ、貴族としては恥さらし以外の何者でもないんだよ！』

ローザにその意味は実感できないが、クリフォードが本気でそう考えていることだけはわかる。

「『アールグレイ』は、お祖父様が外務省にいた頃に通した茶貿易の自由化法案に感謝した紅茶商会が、我がグレイ家の名を冠した紅茶だ。その品質が疑われるのであれば、我が家の名誉が傷つけられるも同然だ。仮にも妖精学者を名乗るのなら、解決できるな」

クリフォードの言葉は、断るという選択肢を許さない、意向を酌むのが当然だと言わんばかりの不思議な強制力を持つようだった。

ローザは気圧され盆を抱えたのだが、アルヴィンはふむふむと納得するだけだ。

「なるほどね。グレイ伯爵には報告していない、君独断の行動なのだね。あの人は妖精なんて頭から否定しているもの」

感情の読みにくいクリフォードの表情が、はっきりと歪んだ。用意していた言葉がなくなったように、薄い唇を開閉する。

「あのようなことがあったのだ。無視などできるわけがない」

重く吐き出された言葉は、クリフォードとアルヴィンの間にある複雑な事情を感じさせるには充分だった。

その重みを感じているのかいないのか、アルヴィンはいつもと変わらない。

「まあ、いいや。そのティールームに行ってみようじゃないか。ふふ、どんな風に盗むのだろうね」

淡く微笑しながら承諾した銀の青年は、今日も妖精のように美しかった。

＊

貴族の青年クリフォードは、ティールームの場所を教えると、律儀に退出の挨拶をして去っていった。

アルヴィンはその日のうちに向かうと宣言し、身支度を整えると辻馬車（つじばしゃ）を拾った。

彼の装いはいつもきちんとしていたが、ローザは今日の彼に違和感を覚えた。

ローザの視線に気づいたアルヴィンがこちらを向く。

「どうかしたかい？」

「その、どう言葉にしていいのか、わからないのですが。アルヴィンさんの装いがいつもと違う気がして……なんとなく親近感があるような……」

「ローザは鋭いね。その通りだよ。少し古い型の服を着ているから、階級が違うように見えると思う」

言われてローザは思い至る。今のアルヴィンは、洗濯屋で働いていた頃によく見ていた男性や、花売りをしていたとき往来で見慣れた雰囲気があるのだ。

なぜそのようなことをしたのだろう、という疑問はある。

同時にフロックコートの上に、インバネスを羽織り、頭頂部が丸いボウラーハットを被(かぶ)ったアルヴィンは、それでも美々しさが損なわれないなと感じた。

「――まずは、今回の妖精の盗み(フェアリーセフト)について話をしておこうか」

馬車の中で、アルヴィンは生き生きと話してくれる。

「妖精は、人間に対して気まぐれに幸運を授けたり、危害を加えたりする。そのような行為の一つに、人間の食べ物を盗むというのがあるんだ。主に穀物や小麦を自分達で食べるために、市場や水車小屋からくすねていくとも言われているね」

いつもの制服の上に羽織った暖かいショールの前をかき合わせたローザは、妖精も人間の食べ物を食べるのか、と驚いた。が、アルヴィンはやれやれとばかりに肩をすくめる。

「まあこれは穀物や小麦を粉に挽(ひ)くと、どうしても容積が減っているように見えるから、その減った分を『妖精に盗まれたせい』とした可能性が高い。民話や口伝で語られる状況を分析すると、そう解釈するのが現実的だ」

一呼吸入れたアルヴィンは、理知的に現実を見据えて語りながらも、表情からは好奇心の色は消えていなかった。

「ただね、妖精の興味深い盗み方の一つに、食べ物の外見を残して滋養分……フォイゾンだけを抜き取ってしまうというのがある」

「フォイゾン……ですか？」

「エルギス北部の言葉で〝豊富〟という意味と〝体力〟〝精神力〟の両方の意味で用いられているね。とある小作人が、牛乳と焼きパンに神の祈りを捧げるのを忘れたことに気づいて投げ捨てたら、灰のように崩れた、という逸話がある。これは、神に祈りを捧げなかったから、妖精にいたずらをされた、という内容だね。そうしてフォイゾンを抜き取られた食べ物は犬すら見向きもしなかったらしい。ティールームで噂されている妖精の盗みは、このフォイゾンが抜き取られた可能性がある」

「なるほど……。妖精が盗むのは食べ物だけなのですか？」

耳に馴染むアルヴィンの話にローザは相づちを打ちながら、気になったことを何気なく尋ねて、少し後悔した。

「いいや、借用という区分だと、木槌や秤、鍋や水車。火を借りていくこともあるよ。盗みという観点なら、自分達の赤ん坊に乳を飲ませるために授乳期の母親を乳母として連れて行ったり、あとは金髪の美しい子供を攫うというのもある」

よどみなく答えたアルヴィンの言葉で、ローザは否応なく彼の銀髪を意識させられた。

熟練の職人が丹精込めて紡いだ銀細工のような髪だったが、彼がトンプソン邸で過ごした夜に話してくれたことは覚えている。

彼は妖精の世界に行った後、妖精から祝福を授けられ……代わりに感情を奪われ、銀髪に変わったこと。本来の色は金髪だったこと。

そしてローザは先ほど、クリフォード・グレイの太陽のように輝く金の髪を見た。

きっと、あのような金髪だったのだろうと想像するのは容易だ。

ジョンが、アルヴィンを「愛人の子」と語った話が勝手に思い浮かぶ。

妖精に感情を奪われてしまっただけでなく、そのような複雑な事情を抱えていたことをどう受け止めていいかわからない。

唇を強ばらせたのは、ほんの少しの間だけだ。

ローザがなんとか衝撃を受け流そうとしたところで、向かいに座るアルヴィンが身を乗り出してきた。

彼の整った美貌が間近に迫り、ローザは息を呑む。見慣れたと思っていても、こうして不意に近づくと胸が跳ねてしまう。

じっくりとローザの顔色を観察したアルヴィンは眉尻を下げた。

「目が泳いでいるし、唇に強ばりが残っているね。君が紅茶を持ってきたときから感じていたけれど、お茶を用意している間におしゃべりな従者になにか言われたかな」

「それは……」

アルヴィンは表情の微妙な変化や仕草で、人の感情や思考を予測できる。

そんな鋭い観察眼を持っている彼なら、ローザの動揺にすぐ気づくのも当然だった。

「おうちの事情を、少し。……申し訳ありません」

「まあ僕も愛人の子って言ったしね、かまわないよ」

ローザはごまかすのを諦めて素直に謝罪すると、アルヴィンは気にした風もなく姿勢を元に戻した。

「君は知りたい？」

ほっと胸をなで下ろしていたローザは、アルヴィンに問いかけられ、再び心臓が強く脈打った。

眼前に目を向けると、淡い笑みを刷いた彼が組んだ手を膝に置いている。

表面だけを見れば、アルヴィンはいつもと変わらないように思えた。問いかけ自体もごく気軽で、世間話のついでのようだ。

きっとお願いします、と答えれば、彼はあっさりと教えてくれるだろう。

こくりとつばを飲んだローザは、彼の妖精のように美しい容貌を見据えた。

「アルヴィンさんは話したいと思われますか？」

銀灰の瞳が、軽く見開かれた。言葉を紡ごうとするように唇が開かれるが、音になることはない。

アルヴィンのように感情が推し量れるわけではないが、ローザは彼の反応を見逃さないようにつぶさに見つめた。

気にならないと言えば、嘘になる。けれど、ローザは彼に約束をした。アルヴィンのとても鈍くなってしまった感情を自分が信じる、と。

彼は「知りたい？」とわざわざ問いかけてきた。本当に頓着がない話題なら、アルヴィンはそのような一呼吸を置かず、話してくれていた気がした。

今回は、その違和を信じることにする。

ローザにとって、彼がどういう存在かはあまり関係がない。青薔薇骨董店の従業員なのだから、彼の事情を深く知る必要はないのだ。

だから聞かなくていい。

「アルヴィンさんが話したくないのでしたら、聞きません。ただホーウィック卿は、あの土地の元管理者で、青薔薇骨董店の出資者様……なのですよね。今後も定期的にいらっしゃるのでしたら、注意事項など、聞かせていただけると助かります」

そこまで言ったところで、ローザはクリフォードを前にしたときの緊張を思い出し少々頬を赤らめ、ジト目で見つめる。

「正直、初めて本物の貴族の方とお会いしたので、粗相をしてしまわないか気が気ではありませんでした。急に紅茶を淹れるように言われてほんとうに……」

ローザは元々、貧しい者が集まる地区のアパートで暮らしていた労働者階級だ。

亡き母が授けてくれた立ち振る舞いのおかげで、こうして中上流階級(アッパーミドルクラス)向けの店に勤められている。だがほんの数ヶ月前までは、馬車で移動し従者を常に引き連れているような上流階級は、遠目ですら見たことがなかったのだ。

ローザにとって貴族という存在は、この国の君主であるアレクサンドラ女王陛下と同じくらい雲上の人だ。

どのようなものを食べ、どのように考え、どのように暮らしているかすら知らない。どんな振る舞いが、失礼に当たるかも。

だから紅茶を淹れるとき、従者のジョンが一緒に来てくれて、救われた部分もあったのだ。そのような心情を正直に話すのも気恥ずかしく、言葉が尻すぼみになってしまった。

アルヴィンは、赤らんだ顔のローザを、ぱちぱちと瞬きながらしばし見つめた。

「テラスハウスの建つ土地は元々グレイ家の物だったのだけれど、土地の管理権は僕に移っている。出資金も完済しているんだ。今日のように、様子を見に来るけれどね。もう関わりがないと言ってもいいくらいの関係なんだよ」

そこで、ふんわりと表情を緩めたアルヴィンは、いつも通りの声音で言葉を重ねる。

「ローザはいつも通り美しく振る舞っていたよ。あの子だって驚いていたようだった」

「そうですか。なら良かったです」

息をついたローザは、もう一つ安堵(あんど)する。

意識的か、無意識かはわからない。

けれど、アルヴィンが話をそらしたような気がして、詳しく聞きたいと言わなくて良かったと思った。

＊

くだんのティールームは、中流階級から中上流階級向けの店までそろうマリルボーンストリート沿いにあった。入り口には白塗りの外壁に金文字の鉄看板が掲げられており、かなりの格式を感じさせる。

出入りする客は、殆(ほとん)どが女性だ。そのことをローザは意外に思った。

青薔薇骨董店で働くようになってから、裕福な女性達の習慣や慣習に少し詳しくなった。その中に身分のある女性であればあるほど、一人では行動しないというのがある。必ず近親の男性か、友人同士で店に来るか、お付きの女性を雇い付き添わせる。

さらに、よく来る常連の貴婦人が漏らした言葉をローザは覚えていた。

『こちらでは、人の目を気にせず、お茶をいただきながら休憩できてありがたいわ』と。

ローザ自身は一人で何度かレストランやパブで食事を取った経験がある。だが身分のある女性はそれも難しいらしい。

先ほどクリフォードが気を使って付き添ってくれたことを思い出す。

やはり、あれは彼なりの配慮だったのだと確信し、なおさらわからなくなってしまう。

いいや、今は目の前の疑問に集中しよう、とローザは頭を切り替えた。

「こちらのお客様は女性ばかりのようですが、なぜなのでしょう」

「そもそもティールームは、女性相手に紅茶を出すお店なんだよ。コーヒーハウスというコーヒーを出す男性用の店と同じように、紅茶と軽食をお供に会話を楽しめる。身分のある女性が、男性などの付き添いなしで楽しめる場として貴重な場所なんだ」

「だから女性ばかりなのですね。ですが……」

理解したローザだったが、一抹の不安がよぎり、そっとアルヴィンを見る。

すると視線に気づいたアルヴィンが見下ろしてきた。

「どうかしたかい？」

「えっと、女性ばかりということは男性は入りづらいのではと」

「ティールームは男性の利用を禁止しているわけではないよ。さあ、妖精盗みを体験しに行ってみよう」

案の定アルヴィンは不思議そうにするだけで、ティールームの入り口へ向かっていってしまう。

ローザは嫌な予感がしながらも、アルヴィンについて行くしかない。

従業員の女性に案内されて足を踏み入れた店内は、広々としていた。壁は白で、所々金の装飾が使われているのがさりげなく華やかだ。テーブルや椅子などの調度品は、水色を基調とした女性的な意匠で彩られている。

テーブルとテーブルの間隔は広く取られており、隣席の会話は聞こえないだろう。

水色の布張りの椅子に座った客の女性達は思い思いに華やかな装いをしており、上品に会話を交わしている。

だが、アルヴィンが現れたとたん、彼女達の話し声がやんだ。

さすがに身分のある女性達ばかりだからか、表向きには騒がない。

しかし、しんと静まった後、強い好奇の視線と、興奮を抑えた言葉が交わされるのをローザは感じた。

中流階級寄りの服装をしていても気にならない……いや目に入っていないのだろう。

そう、青薔薇骨董店に来店する女性達と同じ反応だ。それもしかたがないとローザは若干諦めにも似た気持ちでアルヴィンの後について行く。

なぜならアルヴィンは、人並み以上に容姿が優れた美青年だ。

男性としては長い銀髪を束ねているのは少々特異ではあるが、容貌の美しさも相まって謎めいた雰囲気がある。女性に注目されるのも当然だった。

アルヴィンに見とれていた女性達は、次いで連れが居ることに気づいたらしく、ローザにもちらちらと視線を向けてくる。

彼と行動するようになって以降、このように反応されることが多かった。はじめこそ居心地が悪く落ち着かなかったが、最近は慣れてきた。

アルヴィンは彼女達の熱い視線にも気づかず、従業員に案内された席に座った。

ローザもプリーツのスカートを整えながら腰掛ける。

「当店は、宮廷時代のお茶会を再現してご提供しております。どうぞお楽しみください」

「へえ、それは期待しているよ」

従業員に説明を聞いたアルヴィンは興味深そうにする。

メニュー表を渡されたが、文字は読めてもどのような物かローザにはよくわからなかった。アルヴィンに目を向けると、ローザの表情で困っていることがわかったのだろう。代わりに頼んでくれる。

一旦従業員が下がり、人心地ついたローザは周囲を見渡す余裕が出てきた。

お茶を楽しんでいる女性達は、青薔薇骨董店でお茶を飲んでいく風景とそう変わらなかったが、違和を覚える。理由はすぐにわかった。彼女達が手に持っているティーカップは花柄の可愛らしい物だったが……。

「あの、ティーカップに把手がないように見えるのですが」

周囲をさりげなく見ていたアルヴィンが、ローザの問いに答えてくれた。

「あれはティーボウルとソーサーだね。宮廷時代……約二百年前のお茶が広まり始めた頃を再現しているといっていたからね。その頃はお茶の産地だった東洋の国、偉那の飲み方を真似ていた。喫茶の習慣が広まったフィンスやこの国エルギスで焼かれたカップも、偉那を踏襲して把手がなかったんだよ。青薔薇にもティーボウルとソーサーがあるから、後で見比べてみようか」

「ですが、把手がないとカップが熱くて持ちにくいのでは」

ローザは失礼にならない程度にティーボウルをぎこちなく持つ女性達を見つめる。

アルヴィンはもっともだとうなずいた。

「その通りだ。けれどそもそもカップの使い方が違ったんだ」

「使い方が違うのですか？」

「うん、ソーサー部分をよく見て。普通のティーソーサーよりも深いと思わないかな」

アルヴィンの言葉に、ローザがまたそっとほかのテーブルを見ると、普段見慣れているティーセットより、ソーサーの部分が深い。

「あれはね、ティーボウルで紅茶に砂糖を入れてかき混ぜた後、ソーサーに移して飲んでいたからなんだ。そうすればティーボウルが熱くても飲めるからね」

「えっ……あの、本当に？」

「そうだよ、絵画にも残っているし、今でもお年を召した方がそういった飲み方をしている地方があるからね」

今では想像もつかない飲み方に驚いたローザだったが、そういえば以前アパートにいた老婆が、皿に紅茶を注いで飲んでいたのを思い出す。不思議に思っていたがそれが彼女にとってのマナーだったのだろう。

「ティーカップ一つでも様々な歴史があるのですね」

「物は時として歴史や文化、物語を伝えるものになり得るからね」

朗らかに語ったアルヴィンは、給仕係の格式張った制服を着た男性が押していく瀟洒(しょうしゃ)なティーワゴンを見ていた。

ワゴンには注文の品らしいティーフードやティーカップなどのティーセットのほかに、暗い艶のある木製の箱が載っている。

ローザでも抱えられそうな大きさの箱には鍵穴がついている。

ちょうどローザ達の隣の席で止まると、給仕係は鍵を使い箱を開ける。

中には箱が二つと、その箱の間に角砂糖の盛られた硝子(ガラス)の器が納められていた。

給仕係が取り出した箱を開けて中を見せると、客は香りをかぎ、目で見て片方を選択する。給仕係はティースプーンを使い硝子の器に茶葉を人数分盛り、今度はそれをティーポットに入れ、持ってきていたやかんから湯を注いでいった。

「あれは……」

恭しい手つきで再び箱をしまい、鍵をかけて去っていく給仕係を目で追いながら疑問をこぼしたローザは、アルヴィンが興味深そうにしていることに気づく。

「あれはティーキャディだね。ティーボウルを使っていた時代は、お茶は今よりもずっと高価で、上流階級でも日常的に飲めないほどの贅沢品だった。そんなお茶の保管に使われていた箱だよ。偉那から持ち込まれた緑茶と、当時はボヒー茶と呼ばれた今の紅茶に近い発酵茶の二種類を保管していた。盗まれないように鍵をかけ、その鍵は女主人が管理していたというよ」

「真ん中に硝子の器がありましたが、あれは砂糖を入れるための器ですか？」

「そういう用途もあったらしいけど、茶葉を混ぜるために使われたともいうね。この店では女主人ではなく男性給仕が行っているとはいえ、この箱をいくつも用意しているようだから、かなり本格的だ。ティーキャディは当時の貴族が自分の財力を誇示するために作らせたから、すべてオーダーメイドだ。本物だと、貴重なアンティークだね」

相変わらずの博識ぶりにローザは感心するしかなかったが、ほんの少しアルヴィンが引っかかる物言いをした気がした。

ローザ達の席へワゴンを押した給仕係が近づいてきたので、ひとまず口を閉じる。

給仕係は若い男性で、アルヴィンと同年代か少し若いくらいだろう。黒いモーニングコートとスラックスを着ているが、若干体に合っていないようだ。

おそらくお仕着せの支給品なのだろう、とローザが思っていると、同じように観察していたアルヴィンが目を細める。

給仕係は恭しく胸に手を当てて軽く頭を下げた。

「当店へようこそ来てくださいました。紅茶は私がこの場で淹れさせていただきます」

かしこまった言葉使いは、ローザに少々違和を覚えさせたが充分許容範囲だろう。

アルヴィンも特に指摘することはなく応じる。

「ありがとう。ずっと楽しみにしてたんだ。どんな紅茶があるのかな」

「はい、取り扱っているのは高貴な方々も飲まれている品ばかりです。じっくり見て、好きなものを選んでください」

そう言うと、給仕係は箱をくるりと回しローザ達へ向けると、鍵を取り出して開ける。

すると、側面が開き、中から引き出しが現れた。引き出しは上段に二つ、下段に二つ、計四つあり、先ほど隣の席で見たティーキャディと形が違う。

「おや、これは引き出しなのかい？」

「ティーキャディは様々な形がありますからね」

アルヴィンが指摘すると、給仕係はよどみなく答えた。ただ、店内で見たティーキャディは箱が納められたものばかりで、引き出し式は彼が持ってきたもののようだ。

「そう、茶葉を引き出しにね……」

アルヴィンがつぶやく中で、給仕係は引き出しの一つを開けてみせる。引き出しの半分より少ないが、黒に近い褐色をした針状の茶葉が詰まっていた。ほんのりと柑橘（かんきつ）の香りが漂ってきて、ローザはそれがアールグレイだと気づく。

給仕係は、アルヴィンの身なりを素早く見ると、どこか思わせぶりに続けた。

「特別なお客様には、より多くの品から選べるよう取りはからっておりますので」

「ふうん、では一つずつ見せてもらおうか」

給仕係は四つの引き出しを順繰りに引き出して見せてくれる。ほかの引き出しにも、色や形、香りが違う紅茶葉が詰まっていた。

アルヴィンはじっくりと見た後、給仕係に問いかけた。

「うーんちょっとよくわからないな、香りを確かめさせてもらえる？」

「では……いえ、そのままで」

アルヴィンが引き出しへ身を乗り出そうとすると、給仕係は手で制して、ワゴンにある硝子の器に紅茶葉を移して差し出してくれた。その拍子に給仕係の袖から大ぶりのカフスがきらりと光る。硝子製だろうか、鮮やかな青い石が塡（は）まっていた。

それぞれの香りや形を確かめたアルヴィンは、礼を言って硝子皿を返した。

「アールグレイはもちろん、ダージリンに、最近人気のアッサム種と良い物ばかりそろっているみたいだね。どれもおいしそうだ」

「ありがとうございます」

「ところで、僕はここで起きる妖精盗みのせいで、お茶の味が悪くなってしまうことがあるって聞いたのだけれど、君はなにか知っている？」

アルヴィンが核心の話題を持ち出したことにローザは緊張する。なんとか顔に出さずにいると、給仕係は平然と応じた。

「そんな噂があると耳にしたことはありますが、自分達はお客様にふさわしいお茶を淹れるだけです。ただ、もし妖精が盗んでいるんだとしたら、紅茶を飲むのにふさわしい人を選別しているんでしょう」

なにも知らない人が、自分の推論を話した。そう受け止めるべきなのだろうが、ローザは形容しがたい居心地の悪さを覚えた。

アルヴィンは特に感じなかったのか、あっさり引き下がった。

「そっか、じゃあ、アールグレイがいいな。ここのは首相まで務めたあのグレイ家にも納めているメーカーの物なのだろう？」

「……わかりました」

淡い笑みを浮かべたアルヴィンの注文に、給仕係は少しの間を置いた後承諾した。

けれど、ローザは背筋になにか嫌なものを感じた。見下すような、さげすむような、愉悦に似たものだ。

表面上は給仕係の態度は変わっていない。

初対面の人にそのような疑いを覚えるなんてと、ローザは自分を恥じて目をそらす。

給仕係は再びアールグレイの入っていた引き出しの把手(とって)に、恭しく手をかける。

かたん、と軽い音が聞こえた。

周囲の談笑の声に紛れてしまうようなささやかなものだ。

ローザがとっさに音のしたほうを見ると、給仕係が引き出しを出すところだった。

彼はそのまま、ティーポットに人数分の茶葉を入れるとやかんの湯を注いでいく。

準備ができたティーポットには保温するために、キルトで作られたティーコジーを被(かぶ)せ、ひっくり返した砂時計と共にテーブルに並べた。

「砂時計が落ちきったら飲み頃です。ではゆっくりとお過ごしください」

最後にアルヴィンが注文したティーフードを置くと、頭を下げて去っていった。

形容しがたい気持ちがローザの胸に残るが、アルヴィンはティーフードの載った皿を引き寄せた。

「ひとまず、お菓子を食べようか。このシードケーキはおいしそうだよ。キャラウェイシードを使った物みたいだから、ほろ苦さが味わい深いと思う」

ローザはケーキを受け取り、フォークで切り分け一口、運ぶ。ふんわりとブランデーの香りが鼻孔を抜ける。

しっとりとしたケーキは思いのほか軽やかに口の中で解(ほど)けた。風味豊かな甘みが広がる中で、キャラウェイシードのほろ苦さが心地よい。

自然と頰が緩むローザを、アルヴィンはしげしげと眺めて微笑(ほほえ)んだ。

「うん、その頰の緩み方は、口に合ったみたいだね」

「はい、おいしいです」

「じゃあ、砂も落ちきったことだし、紅茶をいただこうか」

一口二口とケーキを味わっていたローザは、アルヴィンに紅茶を注(つ)がれたティーカップソーサーを差し出されてしまい、うろたえる。

「ん？　どうかした？　持ち方がわからないのなら、縁を持つようにすると熱くないよ」

「あの、いえ……いただきます」

ローザはアルヴィンからティーカップソーサーを受け取った。

このカップもまた把手のないものだ。まずは味見とローザはアルヴィンに言われた通りにカップの縁を持ち、口元に持って行く。

口の中に苦みと共に、えぐみが広がった。アールグレイの特徴である柑橘の香りはあるが強烈で、紅茶の香りや味というものを打ち消し喉を落ちていく。もうそれ以上飲む気にはなれず、形容しがたい気持ちでカップを下ろす。

目の前ではアルヴィンも同じように紅茶を飲むところだった。

ただ、彼も一口飲んだだけで、カップをソーサーに戻した。

「うん、似ても似つかない粗悪品だね。ローザもそう思うだろう？」

「その、ええと。はい。懐かしい味、でした」

まさに懐かしい味なのだ。ハマースミスのアパートではよく飲んだ……つまりは粗悪品の味がする。

「おそらく、乾かした出がらしの茶葉に柑橘の香りを添加した後、苦みをつけるために別の乾燥させた植物を混ぜているのかな、と思いますが」

「おお、ローザはそこまでわかるのか」

「向こうにいた頃は、なじみ深いものでしたから」

感心したように言うアルヴィンに、ローザは少々気恥ずかしさを覚える。

お茶、というのは高い。数十年前に茶貿易が自由化されて、価格がかなり下がったが、本物は庶民にとっては夢のまた夢である。だから労働者階級に手が届く値段のものは、富裕層から買い取った茶葉の出がらしを乾かしたものだ。味をごまかすために、様々な混ぜ物がされているのも珍しくない。

もちろんそういった偽造品は、このような店で出すものではない。

しかし、と、ローザは先ほど引き出しから見せてもらった茶葉を思い出す。

「先ほど見た茶葉は、形も香りも青薔薇で飲むのと変わらないように感じました」

「僕もそう思う。つまりは、どこかですり替えられたんだ。十中八九あの給仕係にね」

アルヴィンに少し声を潜めて言われ、ローザは大きな声を上げそうになるのをこらえた。

「ですがあの給仕係の方は、茶葉をその場で取り出してポットに入れていましたし……すり替える隙なんてありませんでしたよ？」

まるで本当に妖精に盗まれたようだ。なにより、アルヴィンが求めてやまない妖精が関わる出来事に思える。

ローザは濃霧の中に入り込んでしまったような不安な気持ちでいたのだが、アルヴィンは平然としていた。

「あの給仕係の着ている服はお仕着せだったけれど、身につけていたカフスボタンは本物のサファイアだった。新しいデザインのものだったから、親から受け継いだものとも考えづらいし、革靴も真新しかった。彼の身分からして普通に稼ぐだけでは手の届かない品だ。茶葉は高級品だ。着服して転売したらそれなりのお金になるだろうね」

あの短時間でそこまで観察していたのか。ローザが驚く間も彼は続ける。

「さらに、彼は僕が妖精盗みについて持ち出したとき、口角が片方だけ上がっていた。あの表情は優越や軽蔑を覚えたときに現れやすいんだ。ここまでなら、僕におとぎ話の存在を語られたばかばかしさからそんな表情になった可能性もある。けど、僕が直接引き出しを覗き込もうとしたら、強引に制した。以上の点から、あの箱にからくりがあるのだと思う。

「それは、その」……ローザはなにか気づいたことはなかったかな」

アルヴィンに問いかけられたローザは、相変わらずの彼の観察力に感心するしかない。

そんな彼に自分が話して役に立つことなどあるだろうかと考えつつも、もう一度先ほどのことを順を追って思い返してみる。といってもローザにはアルヴィンのような観察眼はない。紅茶の淹れ方に特別なことはなかったように思う。

謝罪の言葉を口にしようとしたとき、目の前をまたティーキャディを載せたワゴンが通っていく。

ふと、あの軽い音を思い出した。

「……給仕係の方が、二度目にアールグレイが入っていた引き出しを開けたときに、かたん、となにかが動いたような軽い音がしたんです。一度目には、そのような音がしなかったので耳に残っていて」

本当に些細な違和だったのだが、アルヴィンは目を細める。

「軽い音、か。……確かあのアールグレイの引き出しは、妙に茶葉が少なかったね」

「そういえば、そうでしたね。それだけ頼む方が多いのかなと思いましたが」

ローザは曖昧に相づちを打ったが、アルヴィンは唐突に身を乗り出すなりローザの手を取った。とたん周囲から息を呑む音が聞こえる。

「ありがとう、ローザ。少し証拠を集める必要はあるけれど、からくりは解けたと思う」

「あ、アルヴィンさん⁉」

「あれ、感謝の印は表しても良かったよね？　さあ後は依頼主に任せることにして、ケーキを食べてしまおうか。これはおいしいからね」

握った手を離して華やかに微笑んだアルヴィンは、ケーキを口に運び始める。

だがローザはそれどころではない。公衆の面前で見目麗しい青年に手を取られてしまったのである。ローザは、周囲のぎょっとした視線が突き刺さるのを感じながら、うつむいてケーキを突いたのだった。

＊

ティールームに行った数日後。ローザは青薔薇で店番をしていた。

と、言っても店には客はおらず、アルヴィンも自分の机に向かい熱心に書き物をしている。ローザもまた、定位置となった緑のビロード張りの椅子に座り本を読んでいた。

暖炉からは石炭が燃えはぜるぱちぱちという音が聞こえ、店内は充分に暖かい。

スズランのドアベルが響く。

サイドテーブルのクッションの上で丸まっていたエセルが目を開く。

ローザも本を閉じて顔を上げると、上等な外套とフロックコートを着た美しい金髪の男、クリフォードが入ってくるところだった。

「ホーウィック卿、いらっしゃいま……っ！」

本を椅子に置いて出迎えようとしたローザは、クリフォードの足下に歩いていくエセルに気づき息を呑む。

音もなく近づいていったエセルは、クリフォードのスラックスにするりと体をこすりつけた。上等なチョコレートブラウンの布地に、エセルの灰色の毛がこびりつく。

ローザは一気に血の気が引いた。

「この猫っ！　マイロードに……！」

背後からついてきていたジョンが声を荒らげて、エセルに向けて足を振り上げる。

しかし、当のクリフォードが手で制した。

「かまわん。それよりも運びなさい」

その間にエセルは悠々とのびをして、開いたままになっていた扉から出て行く。

「……は、はい。おい、従業員の、ええーと」

灰色の毛並みを恨めしそうに見送ったジョンは渋々ローザに声をかけてくる。が、名前を忘れてしまったらしい。

ローザはエセルを見逃してくれたことにほっとしつつ、軽く膝を曲げた。

「ロザリンド・エブリンです」

「じゃあロザリンド、物を置くテーブルはどこだ」

　ジョンは一抱えほどの布包みを抱えていた。

　ローザが奥にある応接スペースへ案内すると、ジョンは布包みをテーブルに置く。

　そして、クリフォードと二言三言言い交わして店を出て行った。

　ちょうど一段落ついたらしいアルヴィンが、奥から現れる。

「やあ、ホーウィック卿」

　アルヴィンが呼びかけると、クリフォードの眉間に一瞬しわが寄り、口元が強ばる。

　だが、すぐ沈着な表情に戻し、アルヴィンに告げた。

「ティールームの件だが、お前の推測通り、給仕係が偽物の茶とすり替えて出していた」

「やっぱりね。これがくだんのティーキャディもどきかな」

　アルヴィンはテーブルの上に載せられた包みの布を取る。

　中から現れたのは、あのティールームで見たティーキャディだった。

　しかし、アルヴィンは今「もどき」と称した。

　疑問が顔に出ていたのだろう、アルヴィンはローザに微笑むと、手袋を塡めた手でティーキャディを検分しながら話し始めた。

「まずこれは、本物のティーキャディではないんだ。風采は着色で似せているけど、ごく最近作られたものだね。密閉性が必要な茶葉の保管に、引き出しを採用することがそもそもあり得ない。事実ほかの給仕係が運んでいたティーキャディは箱式だった」

密閉性と聞き、ローザはアルヴィンが紅茶缶を開ける姿を思い出す。確かにいつも缶の蓋は固く封がされていて、開けるときに、ぽんっと音がするほどだった。

ティールームでも多くの給仕係が扱っていたのは、密閉性の高そうな箱で紅茶が管理されたティーキャディだった。

「では、なぜ引き出し式にしたのか。それはね、本物のアールグレイの下に、粗悪品のアールグレイを隠すためだ」

「隠す？」

「実証してみよう」

ローザがオウム返しにすると、アルヴィンは給仕係がアールグレイを取り出した引き出しを開ける。そして、身につけていたタイピンを入れると再び引き出しを戻した。

「さあ、ローザ。引き出してみて」

「は、はい」

アルヴィンの不可解な行動に困惑しながらも、ローザはその引き出しを開けて、驚く。

あるはずの美しいタイピンがなかったのだ。

「え、え？　どうしてでしょう？」

「うん。では一旦閉めてから、奥を持ち上げて手前に傾けながら開けてみて」

言われた通り、ローザは一旦引き出しを閉めた後、奥を持ち上げて手前に傾ける。

かたん、とティールームで聞いたものと同じ音がした。

そのまま引き出すと、先ほどアルヴィンが入れたタイピンがあった。

だが先ほどまで確かに引き出しが空っぽだったのを、ローザは知っている。

なにが起きたのかわからずにいると、アルヴィンが傍らから手を伸ばしてきた。

急に距離が縮まりローザは硬直するが、彼が手を伸ばした先はくだんの引き出しだ。

すう、とアルヴィンの指が引き出しの内側をなぞると、指に合わせて引き出しの内側が動き、その下にさらに引き出しの底が見えたのだ。

「この引き出しは二重構造になっていて、特定の引き出し方をすると内箱が出てくるんだ。そして給仕係は本物のアールグレイを底に入れ、必要に応じて内箱を引き出して粗悪品を出していた。外箱に入っていたアールグレイが少なかったのは、内箱を引き出しやすくするためだったんだ。こうして給仕係は、本物のアールグレイを着服していた」

驚くローザの視線の先で、アルヴィンは内箱からタイピンを取り出して身につける。

そして少々気落ちした顔で締めくくった。

「残念だけど、これが妖精盗みの正体だ」

たったあれだけの情報で、真相を見抜いてしまったのだ。

圧倒されたローザが沈黙していると、深いため息が響いた。

ため息の主であるクリフォードは、険しい表情のままアルヴィンに顔を向けた。

「迅速に解決したのは良いが、たった一度の来店でよく犯人の給仕係に当たったものだ」

「僕は運が良いからね。まあ、油断してもらうために、中流階級に見えるような服装をしていったけれど」

ほかの引き出しも開閉しながら、朗らかに応じるアルヴィンに、クリフォードの眉間のしわがますます深くなる。

強い忌避を感じ取ってローザははらはらとしたが、クリフォードは再び息を吐く。そこには、若干の安堵がにじんでいるように感じられた。

「まあ、いい。警察どもがたかだか店一軒の疑惑だけで、私のところにまで聴取に来て不愉快だったのだ。これでなくなるだろう」

「それは大変だったね。ところでこの引き出しは下二つだけ二重引き出しになっているようだ。片方はアールグレイだったけれど、もう片方はなにが入っていたのだろうか？」

ごく普通の質問だとローザは思ったのだが、一瞬だけクリフォードの表情が強ばった。

しかし瞬きの間にそれは消え、再び冷静沈着な仮面に覆われる。

「ただの紅茶だ。あんなものを取っておいても無駄だからな、こちらで処分した」

その答えを聞いたとたん、ローザはアルヴィンの雰囲気が変わったような気がした。

だがその違和感が形になる前に、アルヴィンはあっさり相づちを打つ。

「そう。ただ君も律儀だね。僕は妖精盗みの正体をローザに説明できて良かったけれど、こういう報告なら、従者にさせても良かったのに」

「……お前は最近目立ちすぎている。余計な行動は慎むよう監視は必要だ」

硬質な声で語るクリフォードに、アルヴィンは困ったような表情をした。

「僕はここでおとなしくしているから、グレイ家には迷惑をかけていないと思うけど」

「新聞にこの店が載ったことを父上はよく思っていない。さらに先日は強盗まで入っただろう。これからも世間に名を晒すようなことがあれば、父上が出てきかねん。来期の国会もある。ただでさえ外部の障害がある中、グレイ家は私も含め細心の注意を払っている」

険がありいっそ高慢にすら思えるクリフォードは、銀灰の瞳でアルヴィンを見据えた。

「お前が研究したいのは妖精なのだろう？　ならば商売などせず研究に専念すれば良い。資金が足りないのなら援助する」

クリフォードは、本気でそう思っているようだ。傲慢とも取れる言動は、しかしアルヴィンに響いた様子はない。

「生活資金も研究資金も、このテラスハウスや投資の収入で充分まかなえているよ。これ以上は必要ないさ」

「だったら、なおさら骨董屋などをして働かなくても良いだろう？」

「あるよ。僕はもう貴族ではないんだ。なら働くのは当然のことだよ」

アルヴィンの答えに、クリフォードは沈着な仮面をかなぐり捨てて声を荒らげた。

「あなたは**グレイ家の嫡子**だっただろう⁉　本来であればあなたがホーウィック子爵を名乗り、グレイ家を継ぐべき人間だった！」

ローザは耳を疑った。

アルヴィンがグレイ家の跡継ぎだった、とは一体どういうことか。

「違うよ。……君は、やはりそこを気にしていたのだね」

感情をあらわにするクリフォードに、微笑を消したアルヴィンはきっぱり続ける。

「僕はグレイ家の者ではないと、現伯爵が決めた。今は君がグレイ伯爵を継ぐべきホーウィック子爵なのだよ。僕はすでにそれを受け入れるだけの配慮をされている。だから僕が君の地位を脅かすと考える必要はないんだ」

少しも動じないアルヴィンのいっそ冷淡な返答に、クリフォードは怯（ひる）んだように口をつぐむ。彼がアルヴィンを見る目には、異質な者を見る不気味さと恐怖が籠もっていた。

ローザは彼らの間に漂う異様な空気に息を呑（の）みながらも、クリフォードの言葉を聞き逃さなかった。

グレイ家の嫡子、つまり後継者だと呼びかけられたのは、アルヴィンだ。

ついこの間、アルヴィンが愛人の子と聞かされたばかりのローザは混乱した。

グレイ家を継ぐべき人間だったというのなら、アルヴィンはグレイ家本家の生まれだったということになる。

なにが正しいのかわからないまま、ローザがアルヴィンを見ると、彼はクリフォードにいつもの微笑を向けていた。

「それに、僕が君の兄だったなんて誰も信じないよ」

ローザはさらなる驚きと混乱に襲われた。

とっさに見ると、クリフォードは眉間にしわを寄せ表情を強ばらせていた。

アルヴィンは不思議そうにしたが、クリフォードはすぐに帽子を深く被り直す。

「……今日はこのあたりで失礼する」

クリフォードは肯定も否定もせず、手短に言うと、ローザの傍らをすり抜けて表扉から出て行った。

だがローザの目線からは帽子の間から彼の表情が垣間見えた。

悔しさは、わかる。けれど、同時に寂しさともどかしさを感じた気がした。

ドアベルの音が消える頃、ローザがおずおずとアルヴィンを見ると、彼はティーキャディもどきを布に包み直していた。

「これをどうするか聞くのを忘れてしまったな。また次、来てくれると良いのだけど」

「アルヴィンさん……その」

遠慮がちに呼びかけると、アルヴィンは困ったような表情になった。

「ううんと、さすがに気になるよね」

ローザをじっと見つめた彼は、一人で納得したようだ。

一旦ティーキャディもどきをテーブル脇によけると、ローザに椅子を勧める。

そうしてアルヴィンと角を囲むように座ったローザは、迷いながらもまずは当たり障りのない部分を聞こうと口を開いた。

「あの、クリフォード様はホーウィック子爵で、けれどグレイ伯爵家の跡継ぎなのですよね？　まず、そこがよくわからなくて」

「確かにややこしいよね。貴族の中には爵位を複数持つ家があってね。儀礼爵位といって跡継ぎが名乗るための爵位を設定している家もあるんだ。クリフが名乗る『ホーウィック子爵』というのは、グレイ伯爵家の跡継ぎが名乗れる爵位なんだよ。そして、僕はグレイ家の正当な嫡子――長男として、ホーウィック子爵を名乗っていたことがある」

アルヴィンが自ら話し出したことに、ローザは息を呑む。

「でしたら、アルヴィンさんはクリフォード様とご兄弟ということになりますが、なら愛人の子というのは？」

思わず口にしたところで、ローザはアルヴィンがそう語ったときの口ぶりを思い出す。

『「愛人の子」なのだろう？』

あのときは肯定と考えていたが、振り返れば彼は一度も自分の立場を肯定してはいなかった。

そう思い至ったところで改めてアルヴィンを見ると、彼はぽつぽつと続けた。

「前に、話したよね。僕は幼少の頃に妖精界に迷い込んでいた。その間に死んだことにされていたから、弟のクリフォードが跡継ぎになっていたんだ。だから戻ってきた僕は表向き『祖父の愛人の子』として遠縁のホワイト姓を名乗るようになった」

「あの、まって、待ってください」

ローザは動揺の中でこんがらがりそうな頭を必死に整理した。

アルヴィンが名字である「ホワイト」と呼ばれたがらなかった理由はわかった。本来の名前ではなかったからだ。

目の前のアルヴィンを見ながら、クリフォードを思い出す。

面立ちの雰囲気も銀灰色の瞳も、アルヴィンとよく似ていた。叔父甥（おい）より、兄弟というほうがずっとしっくりくる。――どう見ても、アルヴィンよりクリフォードのほうが年上に見える以外は。

子供がいなくなり、死んだことにしたというところまでは、ローザにもわかる。

けれどどんなに長く失踪しても、兄弟の年齢が逆転することなどあり得ないはずだ。

植物が芽吹き花が咲き枯れていくように、子供が大人になりやがて死ぬように、時はありとあらゆるものに等しく流れていく。

年齢が追いついてしまうとすれば、亡くなった人にだけだ。

いずれローザは亡き母の年齢を追い越すだろう。しかし生きている間に、ローザがアルヴィンやクレアの年齢に追いつくことはあり得ない。

単純に、アルヴィンが若々しいままか、クリフォードが老成しているという話なのか。

いいや、ローザはジョンの噂話(うわさばなし)をきちんと覚えていた。

『あいつは二十六歳なのに、マイロードは三十歳。叔父と甥なのに年齢が逆転しているんだ』

『アルヴィンは十二歳の頃にグレイ家に援助を求めて現れたらしい。パブリックスクールに通われていた当時のマイロードが奴(やつ)に会ったとき、さすがに青ざめていたそうだ』

「アルヴィンさんが、クリフォード様のお兄様なのですか。ですがお年が……」

どう疑問を伝えて良いかわからず、ローザはしどろもどろになるが、アルヴィンはいつものように淡い笑みを浮かべた。

「伝承では、妖精界と僕達の暮らす人間界とは時の流れが異なる、と言い伝えられているんだ。例えば、妖精女王に気に入られて、妖精界に連れて行かれた騎士がいた。故郷が恋しくなった彼が再び人間界に戻ってくると、仕えた国はなく、彼が姿を消してから三百年が経っていたという。その逆もあるけれど、僕の場合は……」

そこでアルヴィンは言葉を止める。

ローザは不意に気がついた。アルヴィンは意識的か無意識かはわからないが、言いづらい事柄を話そうとするとき、丁寧だが迂遠な話運びになるのだ。

ローザは常軌を逸した事実を目の当たりにする予感がしながらも問いかけた。

「アルヴィンさんが、妖精界から戻ってきたときは、何年経っていたのですか」

「――七年。僕は行方不明になった十二歳から外見が変わらないまま、別れたとき九歳だったあの子は十六歳になっていたよ」

形容しがたい沈黙が青薔薇内を支配した。

アルヴィンは妖精に心を囚われている、とローザは捉えている。その一端として実際にアルヴィンの感情が鈍くなっていることと、彼の「幸運」も目の当たりにしていた。

それらはかろうじて納得できる範疇だったが、兄弟の年齢が逆転するというのは、にわかには信じがたい事象だった。

だが、確かにローザの眼前に証人がいるのだ。

背もたれに体を預けたアルヴィンは、よどみなく続けた。

「貴族……上流階級というのは祖先から預かっている土地を次代に伝えるために、家と財産を管理する高貴な血筋の存続を重視する。そのためにこの国では血の繋がった男子、特に長子にのみ継承権を認めるんだ。グレイ伯爵家も例に漏れなかった。長子である僕がいなくなってすぐ、クリフォードが跡継ぎになり、後継者教育が行われたそうだよ。なのに、僕が帰ってきた」

「子供が帰ってきたのなら、喜ばれるのではありませんか？」

理解に苦しむローザに対し、アルヴィンは口角を上げて微笑する。しかしいつもと違い醒めた雰囲気を感じさせた。

「行方不明になった当時の年齢のままの姿で帰ってきた上に、おおよそ人間らしい情動をなくしていたからね。グレイ家の者達は常識が通用しない事象を、貴族が最も嫌う醜聞という風に受け取った。だから、周囲に噂が広がる前に『愛人の子が見つかった』というまだ〝まし〟な話に変えて、僕を養子に出したんだ。殺さなかったり、精神病院に入れなかっただけ、ましだったんじゃないかな」

ごく気軽な調子だったが、ローザは言葉通りに受け止めることはできなかった。

アルヴィンは妖精界から帰ってきてから、ひどく感情が鈍くなったのだという。

そうだとしても、たった十二歳の子供が、実の親に「自分の子供ではない」と告げられるのは世界が崩れるような衝撃だったはずだ。家族のことを話すとは思えない淡々とした彼の語り口に、なおさらやりきれない気持ちになる。

ぱちり、と暖炉で燃える石炭がはぜた。

ローザが強ばった顔で沈黙する姿に、アルヴィンは少しだけ申し訳なさそうにしながらも、どこか遠い目をする。

「クリフは僕がいなくなっている間、唯一の跡継ぎとして期待を背負っていた。その上僕が帰ってきた後は、得体の知れない僕のようにならないよう、いっそう厳しく教育された。だから上流階級らしく振る舞わず、貴族の義務を放棄している僕が許せないようでね。なのに一応は長子の僕が生きているから、いつ後継者の座が奪われるか不安になっているようだ。グレイ家のほうは、あの子以外もう関わりに来ようとはしないのだけど」

ローザは貧しい労働者階級の出身で、父親の顔はロケットに入っている肖像画でしか知らない。生活していた地域では、家族仲が悪くいがみ合い、肉親とは思えないひどい行為をする例も知ってはいた。

けれど、母のソフィアは、ローザが父がいないことを忘れるくらい、慈しんで育ててくれた。ローザにとっては、母との関係が家族の象徴になっている。

だからこそ、彼の親や周囲の冷淡さに泣きたくなるような気持ちになった。

生活は貧しくとも、自分が当たり前のように母から受け取っていた家族の愛は、アルヴィンにとっては当然のものではなかった。

身分の違いと語ることもできるのかもしれない。それでもローザは、彼が愛を得られなかったことと、それを当然のように受け入れている姿に、衝撃を受ける。

彼は、その環境を「悲しい」「寂しい」とすら、受け取れない。

なぜなら感情を妖精に奪われているから。

息苦しさに似たものを感じて、ローザは無意識に胸のあたりを握ると、アルヴィンは眉尻を下げた。

「痛い、かい？　上流階級以外の人には気持ちの良い話ではないらしいから、気分が悪くなったかな」

「いいえ、わたしは大丈夫です。アルヴィンさんの小さかった頃を思うと、勝手に悲しくなってしまった、だけで」

「僕のことなのに、君が悲しくなってしまうのかい？」

ローザがたどたどしく答えると、アルヴィンは困惑をにじませる。

予想通り実感がわかない様子の彼に、ローザはまた痛みを覚えるが、それをぐっとこらえてうなずいた。

「悲しくなって、しまうのです。アルヴィンさんはなにも悪くないのに、遠ざけられてしまったのでしょう？　悲しくて寂しくて、けれどわたしにはなにもできなくて、やりきれない気持ちになります」

そう答えると、アルヴィンは若干安堵したようだ。ローザに手を伸ばそうとしてためらった後、その手を膝に置いた。

「そっか、良いんだよ。少なくともあの子……クリフォードが嫌悪の態度を取るようになったのは、僕がなにかしてしまったせいだからね」

「ホーウィック卿が、ですか」

問い返したローザは、クリフォードがアルヴィンの縁者だったと知らなかったときの会話を思い出す。あのとき、彼は「兄を亡くしたようなものなのだ」と言った。

「僕が妖精界に行く前は、あの子のことをクリフと愛称で呼んでいたんだ。小さかったあの子もとても慕ってくれていたんだと思う。けれどね、帰ってきてすぐの僕はまだ相手の仕草や表情で感情を推測できなかった。今思い返しても、およそ人らしくなかったよ。だから、年上になったクリフにも今までと同じように呼びかけてしまったのだけど、『名前で呼ぶな。気持ち悪い』と言われたんだ。その前に使用人や両親から忌避の目で見られていたから、学んでおけば良かったと思うよ」

「そんな……」

あっけらかんと話すアルヴィンに、ローザは息を詰めるしかない。

「それ以降は礼儀にかなった呼び方をしているのだけれど、今の様子を見ると不満があるようなのだよね。……ああけれどね、あの子は礼儀正しいし、ノブレスオブリージュ……持てる者の義務を果たすことを自分に課しているから、ローザにはひどいことはしないよ。ほら、さっきもあれだけ不満そうにしていても、帰りの挨拶はしただろう」

アルヴィンは淡々と語っていた。けれど、彼の口ぶりがいつもと違うような気がする。

そういえば、クリフォードのことを「あの子」と言っている。

「そう、ですね。ホーウィック卿は近寄りがたい雰囲気がありますが、基本的に丁寧な方だと感じています」

それに、と続けかけたローザは、思い直して言葉を呑み込む。

うなずいていたアルヴィンは、ローザのささやかな反応に気づいて問いかける。

「なにか気になることでも？」

「……いえ、なんでもありません」

「そう」と素直に引き下がってくれたアルヴィンは、ティーキャディもどきをひとまずバックヤードへ持って行った。

その後ろ姿を目で追いながら、ローザはクリフォードの身分を知らなかった頃、彼が話してくれた言葉を思い出していた。

『ああ、以前兄を、な。亡くしたようなものなのだ。今もまだ、呑み下せていない』

そう言ったクリフォードの表情には、確かに複雑な悲しみがあった。

先ほど去っていったときも、アルヴィンに対しなにか言いたいことがあるように思えた。

気のせい、と片付けてしまえる些細な引っかかり。

アルヴィンの父母は、冷淡になった。

　しかし、弟のクリフォードは、もしかしたら——……

　ローザはきゅっと胸のあたりを握り、その感覚を確かめた。

＊

　鷲鼻が特徴的な大柄の青年、セオドアが夕暮れ時に自宅に戻ると、ちょうど青薔薇骨董店の閉店時刻に行き会った。

　柔らかいオレンジ色に青薔薇が装飾されたドレスを着た黒髪の少女、ローザが扉にかけられたプレートを〝閉店〟にひっくり返している。こうして見ると、労働者階級の生まれとは思えない品の良さを改めて感じた。

　彼女はセオドアに気づくと、軽く膝を折って挨拶をしてみせる。

「お帰りなさい、グリフィスさん。クレアさんは今夕食を作っていらっしゃるところです。今日はコテージパイだそうですよ」

「ただいま……そうか、それはうまそうだな」

　想像しただけで、セオドアはつばを飲み込んだ。コテージパイは炒めた挽き肉と野菜の上にマッシュポテトを載せ、さらにチーズをかけて焼いたものだ。

　クレアが作るものは肉のうまみがハーブの香りと混ざり、マッシュポテトの滑らかさが絶品なのだ。おそらくクレアはセオドア用に大皿で焼いてくれるだろう。

食卓に並ぶ料理を想像するだけで、今日の疲れも和らぐほどだった。

ローザがそわそわと落ち着かないように、青の瞳をさまよわせているのに気づく。

視線が合うと、彼女は肩を震わせて目をそらしかけたが、思いとどまりセオドアを見上げる。そこまでされれば、セオドアでもなにか言いたいことがあるのだと察した。

「アルヴィンに、なにかあったか」

「……実は、そうなのです。ホーウィック卿がいらっしゃったからだと思うのですが」

おずおずとしたローザに、セオドアは深いため息をつきたいのをこらえた。

彼女を怯えさせるのは、全く本意ではない。自分はただでさえ大柄で威圧的だ。最悪な出会いをしてしまった手前、特に気をつけていた。

ローザは、アルヴィンが突然連れてきた少女だ。労働者階級にもかかわらず、上流階級でも通じる所作を身につけた彼女を、アルヴィンは「青薔薇」と称して目をかけている。

初めて出会ったときは、まさに労働者階級というすり切れたワンピース姿で、後ろめたそうに背中を丸め、青ざめて痩せこけた顔はおどおどしていた。許されることではないが、セオドアが短絡的に不審な人間だと判断して威圧してしまったくらいには。

しかしアルヴィンに買い与えられた制服のドレスを身につけ、うつむきがちだった視線も前を見るようになった今は見違えるようだ。元々の所作の美しさや健康的な薔薇色に染まる頬や、生き生きとした青い瞳が彼女をいっそう魅力的に見せている。

　これだけ聞けば、ローザがアルヴィンに見いだされたという、おとぎ話のような恵まれた話である。

　だがセオドアは、彼女と出会って救われたのはアルヴィンのほうだと考えていた。

　彼は感情が異様に鈍化している。そのせいで無神経な人でなしになっており、妖精以外の事柄には全く心を動かさない。自身が妖精のような理不尽さを持つアルヴィンではあるが、青薔薇と称したローザに対しては感情が揺さぶられているようだった。

　それを、喜ばしいと思う。ただその変化がローザを不安がらせるのなら、あまり良いこととは言えない。


　若干の使命感に駆られたセオドアは、礼を言ってローザと別れる。

　銀髪の青年の姿を探すと、二階の扉が開けっ放しになっていた。

　アルヴィンが骨董の倉庫として使っている部屋だ。ローザが引っ越してくるときにも、彼女が使う家具を運び出すために出入りした。

　室内を覗き込もうとすると、頭上からなにかが落ちてくる。

　よけようとする間もなく、セオドアの肩にエセルが乗った。

「わっ！」

思わず声を上げたセオドアだったが、エセルは留まることはなく、肩を軽く蹴ると見事に床へ降り立つ。そのまま悠々と階段ホールへ去っていった。

どっどっどっと跳ね回る心臓を宥めていると「おや？」とアルヴィンの声がする。

「セオドアじゃないか。今日は早いね」

時が止まったような大量の骨董類に囲まれて、アルヴィンがいた。

将来は売り物になるだろう椅子に座り、机に体をだらりと預け、飴色の木箱を見るともなしに眺めていた彼は、そのままの姿勢でこちらを見ている。

銀の髪が肩口から流れ落ちるさまは、美しいと称すべきなのだろう。が、あいにくセオドアにはただの怠惰にしか見えなかったため、その襟首をひっつかんだ。

「人を出迎えるのなら、体くらい起こせ」

「いいじゃないか、ここは僕の家なのだし。それになんだか体に力が入らなくてねぇ」

言うものの、セオドアの力にあらがう気もないらしく、アルヴィンは上半身を背もたれに預け直す。

いつもより緩慢な彼に、セオドアはローザが言っていた「ホーウィック卿が来た」という言葉を思い出した。

セオドアはアルヴィンの生家の事情をおおざっぱにしか知らない。しかしながら本来彼が継ぐはずだった爵位を取り上げられ、存在を隠すためにパブリックスクールに放り込まれ、謂われのない誹謗中傷に晒されたことを、間近で見ている。助ける者もなく、卒業した後もずっと生家に動向を監視される状況は、相当に息が詰まるはずだ。
二、三度、セオドアもグレイ家の次期当主、クリフォード・グレイと顔を合わせたことがある。典型的な貴族らしい気位の高さを感じさせる男だった。使用人も名のある伯爵家に仕えていることを誇りに思っていて、アルヴィンは、グレイ家の名を汚す存在として敵意を抱かれていた。
けれど、当の本人は全く堪えた様子がなかった。いつもの朗らかで曖昧な微笑を浮かべ沈黙していたのだ。

だが、だ。今のアルヴィンは客観的に見ると、「元気がない」という状態に見える。

これは、ひょっとするとひょっとするのだろうか。

「どうした。なにか気がかりでもあるのか」

セオドアが期待して問いかけると、アルヴィンは不思議そうな顔で小首をかしげた。

「気がかり、と言われるということは、僕は疲れた顔をしているのかな？」

「妙なところに拘るな。なにかあったんだろう。ホーウィック子爵が来たと聞いたぞ」

「ホーウィック子爵」という単語を聞いたとたん、アルヴィンの銀灰の瞳が憂いを帯びる。

「ああうん。来たよ。それは良いのだけど。ただ、ローザにグレイ家の事情を話したら、苦しそうにしてたのが気になって、考えていたんだよ」

セオドアはなるほど、と思いつつも反射的に脱力してしまった。自分自身のことではなく、結局はローザのことか。と。

だが、アルヴィンが他人を気にかけるということ自体が大きな進歩だ。

青い瞳の少女が、順調に彼の心を動かしているのが垣間見えて、なんとも言えずほっとする。

「エブリンさんにどう説明したかは知らんが、仕方ない。お前が受けた措置は非人道的だったんだ。親に愛されて育った彼女には酷な話だっただろう。特にホーウィック子爵の態度は俺達中流階級とは隔絶しているから、そちらの衝撃もありそうだ」

「そう、なのかい？　ううんそっか……ローザは良い子だものね。話さないほうが良かっただろうか」

「いいや、悪意に晒される前に、お前の口から話したのは悪くない判断だったと思うぞ」

アルヴィンが納得したようにうなずいて、セオドアは一息つく。

同時に己の職務を思い出す。クリフォード・グレイが青薔薇骨董店に来たのであれば、聞かねばならないことがある。

「お前、ティールームの横領犯捕縛に一役買ったんだってな。ホーウィック子爵の依頼だったのか」

切り出したとたん、悩むように眉根を寄せていたアルヴィンがこちらを向く。

銀灰の瞳が深い理知を帯びた。セオドアはこの瞳を見ると、己のすべてを把握されているのではないかと錯覚する。

「その通りだけれど、あの横領犯はほかになにかしていたのかな？」

「どうしてそう思った」

セオドアが慎重に問いかけると、彼は傍らの木箱を引き寄せ、引き出しを開ける。

二重底になった引き出しで、男がどんな手で横領していたかを理解したセオドアだったが、アルヴィンは淡い笑みを浮かべた。

「この引き出し、四つあるうち、二つが二重引き出しになっているだろう。一つはアールグレイの横領に使われていたけれど、もう一つはなにが入っていたのか不思議だったんだ。

それと、犯人の給仕係に妖精盗みについて尋ねてみたら『もし妖精が盗んでいるんだとしたら、紅茶を飲むのにふさわしい人を選別しているんでしょう』って」

妖精、という単語にセオドアはひやりとした。据わりの悪さを努めて押し隠しつつ問いかける。

「その言葉のどこに引っかかったんだ」

「『ふさわしい人を選別している』と語ったとき、優越と期待、両方の感情があったんだ。

そして、僕がアールグレイを頼んだとき、落胆していた。だから、彼は別の答えを期待していたのではないかと思ったんだ。例えばなにかの符丁があって、それを口にした人間にもう一つの引き出しの中身を出していた、とかね」

「……そうか」

想像でしかないけれど、と朗らかに語るアルヴィンに、セオドアは平静を装って応じたつもりだったのだが、銀灰の瞳が細められる。

「視線がそれたね。後ろめたいことがあるのかな。セオドアは、そのもう一つの中身についてなにか知っているのではないかな？」

「……表情から思考を読んでも、俺以外に対してはうかつに口にするなよ」

セオドアが恨みがましく釘を刺すと、アルヴィンはあっさり「わかった」と応じる。

「それで？　ティールームの一件は内々に処理されて、新聞にも載らなかった。グレイ家が手を回したのだろうね。証拠品のはずのティーキャディもどきが僕の店に持ち込まれているのが証拠だ。それ以外で君が知れる方法とすると、君達が独自に捜査をしていて、その結果手柄と証拠を横取りされた……というところかな」

するりと、撫でられた木の箱を見つめたセオドアは、若干の悔しさを抱えながらも腹を決める。

「あの店では以前からアヘンの密売人がいて、売買の場になっているとようやく突き止めた矢先のことだったんだ。逃がさないように慎重に捜査していたんだが、ホーウィック子爵の介入で糸口を掴み損ねた」

　さすがに意外だったのだろう。アルヴィンは軽く目を見開いた。

「アヘンと言えば偉那式のアヘン窟が有名だね。暗黒街では多くの中毒者がはびこっているとは聞くけど……。あのティールームはマリルボーンストリートにあるんだよ」

　アヘンというのは、以前は万能薬としてもてはやされていた鎮痛鎮静薬だ。しかし深刻な中毒性が問題となり、十数年前に薬としてのアヘンの処方が医師の許可制となり、一般販売は禁止された。アヘン窟も取り締まり対象となったが、イーストエンドではいまだにアヘンの売買が横行し、偉那式の吸引方法で提供するアヘン窟がはびこっている。

　当局も取り締まりを強化しているが、いたちごっこであることは否めなかった。

　セオドアも若干苦々しく思いながらうなずく。

「上流階級の領域にある店だからこそ、と言うべきだろうな。最近問題になっているのは、意志薄弱や怠惰を嫌うにもかかわらず、上流階級の令息令嬢の中毒者が増えていることだ。彼らはどうにもアヘンと知らずに購入したようで、禁断症状に耐えかねて普段使うためのアヘンをあのティールームで購入していたようなんだ」

「へえ、それはやっかいだね。上流階級、特に貴族は秘密主義だもの。アヘン中毒者なんて身内から出したら、なにがなんでも隠そうとするだろうね」

「全くもってその通りだ。購入者がわかっても、本人を屋敷に籠もらせて一切の聴取に応じさせない有様だ」

苦々しく顔を顰めるセオドアに、指をあごに当てて考え込んだアルヴィンがつぶやくように言った。

「ふむ、君がアヘンの取り締まりなんて畑違いの捜査に関わっているのは、中上流階級出身だからかな？　階級が近ければ、少しでも相手に受け入れられるかもしれないから。普段警察内で君は厄介者扱いされているのに、こういうときは体よく使うのだね」

「まあ、体よく使われているのは本当だが、泣いている被害者がいるのであれば、俺が助けない理由はない」

なによりそうするだけの価値はあった。セオドアは聴取をした令息令嬢の顔を思い返しながら、アルヴィンを見据えて告げた。

「それでだ、ごく最近アヘン中毒になった子女達の供述の共通点として、必ず名前が出てきたのがホーウィック子爵……クリフォード・グレイだったんだ」

不思議そうだったアルヴィンが、さらに首をかしげた。

「もしかして、警察はホーウィック子爵が元締めだと考えているのかい？　僕が彼から受けた相談は、店で出されるお茶の質が落ちた理由を調べることだったよ？」

「そうだろうな。だがホーウィック子爵の命令によって店が給仕係を解雇した後、子爵がその男と会ったことが確認された。その後俺達が事態を把握して捕縛に走ったときには、給仕係は遺体になって発見されたんだ」

死者が出ていると語っても、アルヴィンの表情は変わらない。だが、ほんの少しだけ彼を取り巻く空気が引き締まった気がした。

「これらの事実を、警察では『アヘン売買に繋がる人物を消したのではないか』と考えている。今はホーウィック子爵を重要参考人として拘束するために動いている」

「…………なるほど、ね。けれど、それは警察の見解だ。君はどう思っているんだい？」

いつもよりも長く沈黙したアルヴィンにじっと見つめられ、セオドアは無意識につばを飲み込んだ。

柔らかい表現を使ったが、警察はすでにクリフォード・グレイが今回の黒幕だと断定して、なんとか尻尾を掴み逮捕しようと画策している。セオドアもかなり根幹の資料まで目を通したが、あながち的外れではない程度には根拠があった。

クリフォード・グレイの祖父、ヘンリー・グレイはエルギスの首相を務めたこともある政治家だ。市井では茶貿易の自由化を行い、安価に茶が流通するようになったことで名を覚えている者も多い。

同時にヘンリーは艶福家でも知られ、亡くなる直前まで多くの美女と浮き名を流した。その落とし胤と言われているのが、アルヴィンなのだが。

祖父ヘンリーの背を見て育った父に、クリフォードは貴族らしくあれと潔癖なまでに厳しく育てられた。人間の悪意とその思考を骨の髄まで理解している警察は、そのように抑圧された者は反発し、禁じられたことを率先してすると知っている。

貴族がいくら取り繕い澄ましていようと、内側は自分達中流階級と変わらない。むしろ冷たく醜悪だ。そう考えて取り澄ましている貴族を汚し、引きずり落としたいという嫌悪と嫉妬が混じっているのも、セオドアは感じていた。

そのような捜査上のことを、さすがにアルヴィンにそのまま告げるわけにはいかない。なによりアルヴィンが聞いているのは、セオドアがどう思っているかだ。

だから、慎重に語った。

「俺自身は、ホーウィック子爵がこのアヘン密売について、根幹に近いことを知っていると考えている。だからこそ、聴取に協力してもらえないか頼んでみるつもりだ。お前のことは出さずにな」

深い銀灰色がセオドアの心の奥まで見透かすように見つめてくる。しかし、捜査上の機密以外に隠すものはないためセオドアは堂々と受け止めた。

やがて、アルヴィンは目を伏せて立ち上がる。

「そう、わかった」

「お前から見ても、特に変わったところはないか」

「うん、特には。相変わらず彼に嫌われているよ」

あまり期待はしていなかったが、セオドアは少し落胆する。

そこで、階下からクレアの声が響いてくる。

「アルヴィンさん、グリフィスさん！　夕食ができあがりましたよ！　早く下りてきてくださいね！」

「わかった」

セオドアが返すと、クレアが階段を下りていくのが聞こえる。

上着だけ自室に置いてくるか、とセオドアが考えていると、アルヴィンがそばにいた。

「ところで、そのアヘンは、そうとわからない形で売られていたのだよね？　ならどんな名前で売られていたのかな？」

ぎくり、と肩が震えかけるのを、セオドアはなんとかこらえた。

「いや、特にそういったことは、ない。ただ青薔薇の客層は完全にターゲット層だから気をつけておけ」

「ふうん、わかったよ」

アルヴィンが特に追及もせずに引き下がってくれたことに、セオドアはほっとする。

彼にはできる限り言いたくなかったのだ。アルヴィンが心を動かすものを、嫌と言うほど知っているだけに。

セオドアは安堵を覚えながら、自室への階段を上がっていく。

だからこそ、アルヴィンが考え込む様子には気づかなかったのだった。

二章　黄色の女のボタニカルアート

冬が深まり、水差しに用意した水は指が切れそうなほど冷たかった。

手と顔を洗い終え、着替えたローザはショールの前をかき合わせて、いそいそと階段を下りていく。

すると、途中でラウンジスーツ姿のアルヴィンと鉢合わせた。まだ完全に日が昇っていない時刻に、彼が起き出しているのは珍しい。

銀色の髪を下ろしたままの彼は、いつもの優美な微笑みを浮かべた。

「おや、おはようローザ。寒そうだね」

「おはようございます。今日はとっても冷え込みますからさすがに……。アルヴィンさんもお早いですね。寒くありませんか？」

「今日は早めに目が覚めたんだ。だからいつもより寒く感じるよ。特にすることもないし、暖炉をつけるのも面倒だったから、下に行こうかなって」

そう言う彼の手には、本が握られている。ローザは思わず吹き出した。

「実はわたしもなのです」

各部屋には暖炉があり、各自で手入れをして石炭を入れれば使える。

ローザはいつでも使えるように暖炉を手入れしているが、しかし、朝晩の着替え以外で過ごすのは青薔薇骨董店の店内だ。その短時間のためだけに暖炉を使って火を始末する、というのはもったいない。そもそもローザは寒いからといって、暖炉を使えるほど余裕がある生活をしてこなかった。だから、暖炉をつけるという行為に少々罪悪感が湧く。

しかし、寒いことは寒い。それを解決する方法として……。

ローザがアルヴィンと連れだって階下へ下りていくと、煮炊きの音が聞こえてくる。暖かな空気に惹かれてキッチンを覗くと、クレアが台所用レンジに向き合っていた。

レンジには湯気の立つ鍋が掛けられていて、彼女は慌てた様子で空の瓶を鍋に入れる。

とたん、パキンと甲高い音が響き、クレアはふくよかな体をびくつかせた。

「あらっ！」

「大丈夫ですか!?」

ローザが駆け寄ると、クレアは手にミトンを塡めながら苦笑する。

「あらローザさんアルヴィンさんおはよう。大丈夫よ。瓶を煮沸消毒しようと思ったのだけど、横着して水から瓶を入れてだんだん温めず、お湯にそのまま入れちゃったのよ」

確かにクレアが火から下ろした鍋の中で、瓶が割れてしまっていた。

「つい別の手仕事に熱中してお湯を沸かしているの忘れちゃいましてね。まあ瓶は結局熱湯で煮沸するのだし、良いかと思ったんだけど、やっぱりダメだったわ。硝子も缶みたいに丈夫だったらいいのに……」

「硝子は急激に温められることに弱いから、常温の瓶を急に熱湯に入れたら割れてしまうよ」

「大きさが気に入っていたのだけど、諦めるしかありませんねえ」

アルヴィンがのどかに語ると、クレアは肩を落とす。

「片付けをお手伝いしましょうか？」

クレアが消沈しているのを見かねたローザが申し出ると、彼女はさっぱりと言った。

「いいのよ！　気を使ってくれてありがとう。朝ご飯はもうできてるから、持って行ってね。今日はスープも用意してあるから忘れないで。温かいうちに味わってね」

「わかりました、ありがとうございます！」

ローザは焼いたマッシュルームにベーコン、フライエッグ、薄く切ったパンをそれぞれ好きなだけ皿に載せてダイニングルームへ入る。

とたん、暖かさに包まれ、体の強ばりがほどけた。

じんわりと熱が広がっていくなんとも言えない感覚に、ほうと息をついた。

アルヴィンはやかんをティーケトルにかけると、長柄のフォークを持ってくる。

「紅茶が入るまで、パンをあぶり直そうか。やっぱり温かいほうがおいしいからね」

「わぁ、とてもいいですね。クレアさんはスープも用意してくださいましたし、なんだか贅沢な気分です」

ウールの暖かい下着や、きちんとした衣服を身に纏えて、石炭をたっぷり燃やした暖炉を使える。幸せだと思う。

「うん、暖かいのは良いよね」

そんな風にうなずいたアルヴィンはパンを長柄のフォークに刺している。

パンを持ってきながら、ローザは普段と変わらない彼に少しほっとした。


ローザはいつも通り青薔薇骨董店の店番につく。

今日のアルヴィンは外出していて、昼頃には帰って来るという。

こうして一人で店番を任せてもらえるようになったのは、ずいぶんな進歩だと思う。

暖かみのあるオレンジ色の一着を着たローザは、緑のビロード張りの椅子に座り、手引き書をめくっていた。アルヴィンが作った、店内や倉庫にあるアンティークを網羅した一冊だ。これを読んでおけば、ある程度店にある商品は把握できる。

目で文字を追いつつも、頭の隅では、アルヴィンとクリフォードに思いをはせていた。

彼らの複雑な家庭環境を知っても、特に変わったことがあるわけではなく、平穏な日々が過ぎている。

アルヴィンは何年も自分の家の事情と付き合っているのだ。ローザが口出しなんてすべきではないし、そもそも言えることもない。なのに彼らの関係について考え続けている。

クリフォードはあの日以降店には来ていない。クレアやアルヴィンの話だと、紅茶がなくなりそうな二ヶ月に一度ほどの訪問で、間が空くこともあるらしい。

だから確かめることもできず、ローザの胸にわだかまりだけが残っていた。

「なあん」

エセルが足下にすり寄ってきて、我に返る。暖炉の火の前で丸くなっていたのだが、飽きたのだろうか。

ローザが手を伸ばして首を掻いてやると、気持ちよさそうに押しつけてくる。

その気ままさに和んで頬を緩ませていると、スズランのベルが客の来店を知らせる。

自然と顔を上げると、扉から入ってきたのは女性だった。

青薔薇骨董店に勤めるようになり、多くの上流階級の女性を見るようになった。さらに人気のある仕立屋の主人ミシェルに流行や生地の教授を受けた結果、ローザはドレスの型や身分にふさわしい装いというものに少し詳しくなったと思う。

その知識で見ると、来店した女性のドレスは、流行より若干膨らみが抑えられたスカートだ。光沢のある黄色が基調で、袖も首元も詰まって慎ましさを感じさせる。なのに、女性的な曲線と華奢な体つきがわかり、所々アクセントとして使われている黒のレースが匂い立つような色気を感じさせた。絹特有の光沢を持った生地は、かなり質が良いだろう。赤みがかった髪も丁寧に結い上げられており、一筋頬に垂れた後れ毛が艶(なま)めかしい。一番目を引くのは、片手に持つ平べったい布包みと、帽子から顔を隠すように垂れ下がる黒いレースのヴェールだ。

ヴェールは中上流階級(アッパーミドルクラス)以上の女性がおしゃれとしてつける小物で、日差しや埃(ほこり)から肌を守るためでもある。ヴェールで年齢は判然としないが、彼女の白い肌を強調し謎めいた雰囲気を感じさせた。

いっそ近寄りがたさがあるほどの、絵に描いたような妖艶な美女だ。

しばし見惚(みと)れたローザは、彼女が店内に入ってきたところで違和感を覚える。

彼女の身なりは明らかに中流階級(ミドルクラス)以上のものだ。そして高貴な身分の女性は一人ではあまり行動しない。

けれど、彼女は連れもなく荷物も自分で持っている。身分のある女性としては、かなり特異だと言えた。

黄色いドレスの女性は、奥で立ち尽くすローザに目をとめるとためらいがちに話しかけてくる。

「あなたが、店員かしら？」

その発音は貴婦人らしい上品なものだった。所作にも品があり、ローザはクリフォードに通じる雰囲気を感じた。

不思議な女性ではあったが、声をかけられたローザは我に返り膝を折った。

「ようこそいらっしゃいました。店内はご自由にご覧ください。ご要望がございましたら承ります」

彼女はローザの美しい所作に驚いた様子だったが、滑るように近づいてくると告げた。

「絵の鑑定をお願いしたいのだけれど、わかる？」

「鑑定、でございますか」

ローザはためらった。店内にある骨董の知識はある程度授けられていて、説明をして、一定金額以内の商品ならば売っても良いと裁量を与えられている。

だが、さすがに買い取りや鑑定はアルヴィンの領域だ。

明らかに富裕層に属する彼女に、緊張しながらも、語らなければ始まらない。

「申し訳ございません。ただいま店主が不在でございますので、鑑定は承れないのです」

せいいっぱいの申し訳なさを込めて謝罪したローザに、女性は沈黙する。

「……そう」

つぶやいた彼女はヴェール越しではあったが、とても落胆した様子だった。

しかも、心なしか顔色が悪く、思い詰めているようでもある。

ローザはとっさに提案した。

「店主は昼頃に帰ってくると申しておりましたので、お時間がございましたら、少し店内で休んでいかれますか。お顔の色が良くないようにお見受けいたします」

言いつつ、暖炉のそばにある応接スペースを指し示す。

女性は、なぜかちいさく息を呑(の)んでためらうそぶりを見せる。が、平べったい布包みを抱きしめると首を横に振る。

「いいえ、必要ないわ」

氷のように冷たい、きっぱりとした声音に、ローザは余計なことを言ったと萎縮する。

黄色いドレスの女性はそのまま踵(きびす)を返し、退店するそぶりを見せる。

これ以上引き止めるわけにもいかず立ち尽くすローザは、エセルが女性のそばにある棚の上を悠々と歩いているのを見つけた。

ブルーベルや釣鐘草のランプシェードが並ぶ一角をすり抜けるのが、最近の彼のお気に入りだ。その後エセルがどうするかを知っていたローザは、嫌な予感がした。

案の定、エセルはひょいと床へ飛び降りる。

間の悪いことに、女性が振り向いた目の前だった。

「きゃっ」

「奥様っ」

突然現れた灰色の猫に驚いた女性が体勢を崩す。予期していたローザはとっさに彼女の肩を支えた。女性は少しよろめいたが、支えられたおかげで床に転ばずにすんだ。

エセルが何事もなかったように悠々と去っていくのを、ローザは苦笑して見送った。普段はおとなしいが、たまにいたずらとも言うべき振る舞いをするため気が抜けない。

しかし今日は間に合った。ローザは荷物を抱きしめる女性に謝罪し、念のために怪我がないか確認しようとする。

その前に、身を翻した女性に手を取られた。

「ごめんなさい、大丈夫かしら。怪我をしていない？」

先ほどの冷たく感じられた言動からは、打って変わった謝罪と心配の言葉だった。

「は、はい。ありがとうございます」

突然の変化にローザは戸惑いながらも答えると、彼女はほう、と安堵のため息をつく。

その響きにも思いやりを感じる。

ローザの手を包み込む女性の手は、手袋越しでも冷たくかすかに震えている。強い恐れのようなものを感じさせた。

「奥様は、大丈夫でしょうか？」

様々な意味を込めて問い返すと、女性は息を呑む。まるで我に返って間違いを犯したことに気づいたような反応だ。

逡巡するように視線をさまよわせる彼女は、ローザを見て懐かしさを覚えたように目を細めた。ヴェール越しに感じられるのは、悲しみだ。

ローザが覗き込もうとすると、ヴェール越しの目が伏せられる。

「大丈夫、よ」

彼女の答えはぎこちなかったが、ローザはなんとなく先ほどの冷たい声音よりも彼女に
しっくりくる気がする。

「……けれど、絵が……」

女性は脇に置いた布包みを思い出し、取り上げる。

彼女はその包みをとても大事そうにしていた。床に落としたわけではなかったとはいえ、
万が一があってはいけないだろう。

「ご心配でしたら、一度包みを開かれて、ご確認なさってはいかがでしょうか」

ローザの提案に、女性は惹かれたようだ。

暖炉の近くにある応接スペースへ案内すると、女性は布包みを開いた。

中は丈夫そうな厚紙で作られた薄い箱で、彼女が蓋を開けると絵があらわになる。

ちょうどローザが普段使うお盆くらいの大きさの絵に、傷は見当たらない。

なによりローザは、息を呑む。

それは植物の水彩画だった。額縁には入っていないが、だからこそ緻密さが余すところ
なく見える。背景などはなく、紙面に咲くのは三種類の花だ。二つはそれぞれシャクナゲ

とロベリアだろう。桃色で端がフリルのように縮れたツツジの花束のようなシャクナゲと、深い青紫の小さな花がこんもりと咲くロベリアを従えるように、中央には一輪の花が咲いている。ポピーによく似ていたが、夕日のように鮮やかなオレンジ色で、がくのあたりが黒く染まっているのが鮮烈だ。

ローザにも一目でわかるほど、花々の特徴をよく捉えていた。花から茎、葉の形まで写実的に描かれており、水彩絵の具での着色も、まるで地面に生えたそのままを紙に貼り付けたようなみずみずしさだ。

指で触れれば、葉や花の質感までわかりそうな美しい絵だとローザは思った。

検分した女性も、絵に傷はないとわかったようで、ほっとする。

「ありがとう、大丈夫みたい」

「それは良かったです」

微笑んだ彼女に釣られてローザも微笑むと、女性は懐かしげな表情になる。

「ああ、ほんとうに似ているわ……」

つい、こぼしてしまったような言葉だった。女性はすぐにしまったとでも言うように口元に手を当てる。興味を惹かれたローザは、問いかけた。

「どなたに似ているのでしょうか」

なぜか、女性の表情が暗く曇った。

その瞳の憂いと暗さに、見覚えがある気がした。どこでだったか、考える前に女性が口を開く。

「……昔の、友人よ。わたくしなんかをこうして案じてくれていたわ。わたくしは隠しているつもりだったのに、気づいてくれて……。あなたと、笑顔の雰囲気が似ていて、それで、思い出したの」

言葉少なに語る彼女は、消えていってしまいそうな儚さを感じさせた。

ローザは先ほど感じた既視感がなにかを思い出す。

クリフォードが「兄」ついて語ったとき。そして――……

『あなたの目は、隠さなければだめ』

そう、言い残した亡き母は、ローザの青い瞳越しに誰かを見ていた。そのときの悲しみと後悔と、それでもにじむ、思慕の色だ。

「聡明で、優しい子だったわ。……わたくしのせいで、会うことはできないけれど」

懐かしげに目を細める女性に、ローザは気軽に聞いてしまったことを後悔した。わかってしまったのだ。生きているかいないかはともかく、彼女は、これほど優しく話すその人と別離していると。

「ごめんなさいね、いきなりこのような話を聞かされても、困ってしまうわね」

「……いいえ、わたしがお尋ねしたのですから、お気になさらずに。大事な方に重ねていただいて、光栄です」

　なんとかローザが言うと、女性は良かったわ、と目元を緩める。柔らかい表情は、妖艶なドレスもかすむほど、はっとするような清楚な魅力がある。

　訥々と会話を続けながら、ローザは彼女を引き留めたい気持ちが増していた。

　友人について語っているのに、どこか陰と後ろめたさを感じさせる。

　ただ、別離の悲しみを抑えているだけにしては、彼女の態度はどこかおかしい。

　絵も気になるが、彼女の瞳に宿る陰の正体が気になり、ローザは提案した。

「よろしければ、お茶を召し上がりませんか。絵のお話も聞かせていただけましたら嬉しいです」

「お茶……いえ、でも」

　強く惹かれた様子なのに、黄色いドレスの女性は逡巡する。

「お茶は、お嫌いでしょうか」

「そうではないの。お茶は好きよ。けれど……わたくしが楽しむ資格なんて、ないのよ」

　暗く思い詰めた声だった。ほんの少し揺らしただけで心の均衡が崩れそうな危うさが感じられるほど。

　どういう意味だろう。ローザは考えながらも「お茶は好き」という言葉を信じて、バックヤードへお茶の仕度に行く。

しかし、お茶の用意をして戻ったときには、黄色いドレスの女性の姿はなく。代わりのように、テーブルにはみずみずしい花が咲く絵が残されていた。

女性が消えた後、間もなく帰ってきたアルヴィンに、ローザは経緯を説明した。

「へえ、これがその女性が持ってきた絵なんだね」

「その通りです。連絡先を聞く前に去ってしまわれて……。一応、物取りの可能性も考えて商品の点検もいたしまして、なくなっているものはございませんでした。とはいえ、お客様から目を離してしまい、申し訳ございません」

応接用の椅子に座り、手袋を填めた手で絵画を持ちしげしげと眺めるアルヴィンに、ローザは頭を下げる。

強盗に入られたのはたった一月前だ。にもかかわらず、ローザは客を一人残して店を離れた。今思い返してみれば、うかつと言われても反論できない行動だ。

けれど、あの女性にはそうしたくなってしまったのだ。手を貸さなければならない気がした。自分の心に戸惑いつつ、ローザはアルヴィンに謝罪する。

絵画から顔を上げた彼はすいと首をかしげた。束ねられた銀髪がさらりと落ちる。

「どうして謝るのかな。普段でも研究中の僕を呼ぶために、店を離れることはあるだろう？　物取りを気にして、また君が危ない目に遭うほうが良くないよ」

本当に気にしていない様子のアルヴィンに申し訳なさを感じながらもほっとする。

けれどその安堵は、銀灰の瞳に輝きを見つけるまでだった。

「それにその女性はとても興味深いね。身分がありそうなのに、たった一人で現れただけでなく、奇妙な絵画だけを残して消えていただなんて、妖精譚にありそうな出来事だ。この絵も気になるし、僕も居合わせたかったなぁ」

しみじみと残念そうにするアルヴィンに、ローザは思わず苦笑いする。しかし彼がここまで興味を持つとは思わなかったため、再び植物画に目を向けた。

相変わらず三種類の花が美しく咲いているが、ふと違和を覚える。なんだろうと思いつつも、アルヴィンに問いかけてみた。

「この絵画がなにかおわかりになりますか」

「紙の簡素な背景に植物が主体となった絵画は、ボタニカルアートとして描かれたものだろうね。約百数十年前に造船操舵技術が向上したおかげで、珍しい植物を求めて世界各国を飛び回る探検家が数多く現れた。プラントハンターと呼ばれる彼らが持ち帰った植物を、記録、研究するために描かれたのがボタニカルアートの始まりとされている。ほら、絵をよく見て。実際の植物を見たことがあると違いがわかりやすいのだけど、生えている通りに描くのではなく、葉の生えている位置や、花弁の形がよくわかるように位置を調整して描かれているんだ」

アルヴィンの示す場所をよく見ると、確かに実際の植物とは印象が微妙に違う。

それにしても、この絵は見れば見るほど緻密で、色も奥行きがあって美しい。

けれどアルヴィンはこう続けた。

「画集として販売されたボタニカルアートをわざわざ分解して飾ることもあるし、初期の植物画は高値で取り引きされることもあるけれど、これはまだ新しいね」

「えっアンティークではないのですか」

ローザは驚きの声を上げる。骨董店(アンティーク)に持ち込まれたのだから、そうなのだとばかり考えていた。

アルヴィンはじっくりと絵を観察しながらうなずいた。

「まず板に水張りをされているところもそうだけど、筆致からして、版画ではなく肉筆画で、着色も水彩のようだ。色褪(いろあ)せもなく、紙も新しい。もし色つきの写真が撮れたとしても、ここまで美しくはならないだろうね。見事だとは思うし僕の店に置いてもいいけれど、新しい絵は基本的に画廊の領分だろうね」

骨董店の店主だけあって、アルヴィンの目利きは正確だ。

「この絵にはロベリアとシャクナゲのほかに、見慣れない花も描かれているけれど、ローザはこの花がなにかわかる？」

「いえ、それはわたしにもわからなくて……あの方は、なぜこの絵を置いていかれたのでしょうか」

ローザは絵画を見つめながら、黄色いドレスの女性を思い返す。独特の空気を纏ってはいたが、悪意は感じられなかった。

むしろ、ある種の必死さ、そして抑えきれないほどの緊張と、恐怖があったのだ。

彼女は多くを口にしなかったために、確証はないが。ローザはそう感じた。

じっくり絵画の裏まで眺めていたアルヴィンは、ボタニカルアートを箱にしまった。

「ふむ、まあそのご婦人が急用を思い出して慌てて帰ったというのもあり得るし、ひとまず預かっておこうか。さあローザ、休憩にしよう。お茶を淹れてくるよ」

アルヴィンがバックヤードへ向かおうとした矢先、スズランのドアベルが鳴る。

すわ、絵画を取りに女性が戻ってきたのか、とローザは扉を見たが、入り口に立っていたのはどこかくたびれた気配のする青年だった。

ジャケットにズボンを身につけており、コートの前をかき合わせている。どれも古ぼけていて、あまり金銭的に余裕があるようには見えなかった。平べったい大きな鞄を斜めがけにする姿は、十中八九中流階級だろう。

顔立ちも頼りなさと気弱さがにじんでおり、案の定店内の空気に完全に呑まれておどおどと周囲を見回していた。

それでも、奥にアルヴィンとローザを見つけると、声を張り上げた。

「あのっ、僕が出会ったリャナンシーの正体を知りたいんですっ。協力してください！」

裏返った声での必死の懇願に、ローザはとっさにアルヴィンを振り向く。

アルヴィンは銀灰の瞳を好奇心にきらめかせた。

「カップはもう一つ追加しよう」

＊

現れた青年は、ウォルター・フィッチと名乗った。アルヴィンに握手を求められたときもかなり遠慮がちで、気弱さが目立つ印象だ。

今は応接スペースの長椅子に縮こまるように座っているが、店主のアルヴィンが手ずから淹れた紅茶を出されると、完全に萎縮していた。

「なんの脈絡もない話に、良くしてもらって……すみませんお金はそんなに出せなくて」

「かまわないよ。君が噂で知ったという通り、この店は妖精の逸話を集めているんだ。君がリャナンシーに遭遇したというのであれば、まさに僕が求めている事象だよ。ぜひ話して欲しいな」

上機嫌と明らかにわかる口調のアルヴィンに、ウォルターは面食らった顔をする。

ローザはそんな彼に少々同情しつつ、クッキーの皿を差し出しながら言った。

「大丈夫です。アルヴィンさんはフィッチさんのお話を頭ごなしに否定などはいたしません。肩の力を抜いてお話しください」

「えっあ、えええと……こんなお嬢様に持ってきて、もらうなんて……」

緊張をほぐそうとして話しかけたのだが、ウォルターはローザから視線をそらし挙動不審さが増してしまった。

どうやら、女性との会話に慣れていないようだ。

「わたしは青薔薇骨董店の従業員ですから、お気になさらずとも良いのですが」

「いや、でもこんな田舎じみた野暮ったい男が声をかけたら迷惑だろう……？」

ローザが思わず口にすると、ウォルターは顔を赤らめながら、ぼそぼそと言った。

その間も彼とは視線が合わない。

少し前までローザも人と視線が合わせられず、うつむいてばかりで周囲をうかがっていた。ウォルターは以前のローザほどではないが、自信がない人はこのように見えるものなのか、とローザは新鮮な気持ちを覚える。

しかし、自分のせいでウォルターが話せなくなるのは困る。奥に下がろうかと思ったのだが、先にアルヴィンがローザを見上げて自分の隣を指し示す。

「ローザは僕の隣に座るといい。せっかくの妖精の話だから君にも聞いてもらいたいな。ウォルターもいいよね？」

「えっ⁉　は、はい」

いきなり名前で呼ばれたウォルターは焦りと戸惑いのまま、中途半端に肯定のような返事をする。ローザは申し訳なく思ったが、いざというときの歯止め役となるために、アルヴィンの隣に座った。

準備が整ったところで、アルヴィンは前のめりで問いかける。

「――さて、まず君が言う『死のミューズ』と呼ばれるほうだと思うんだけれど」

君が遭遇したのはおそらくリャナンシーというのはどちらのリャナンシーかな？　画家の

「えっと、あの……二つ……？　ってなぜ僕が画家だとわかったんですか⁉」

ウォルターは相変わらずの落ち着きのなさはありながらも、驚きをあらわにする。

ローザもアルヴィンを見ると、彼はテーブルの上に置かれたウォルターの手を指さした。

「主に君の指先や袖口に残っている絵の具の汚れからだね。洗っても取れずにシミになってしまっている。さらに先ほど握手したときに、右手の中指の側面と人差し指と親指の間が厚くなっているのを感じた。鉛筆や筆を日常的に使っているからだろう。そしてこの椅子に座るまでに君が視線を向けたのは、絵画ばかりだったね。少なくとも絵を生業にしていると予想がつく」

「たったそれだけで、わかるんですか……！」

大いに驚いたウォルターは自分の右手をしげしげと眺めている。彼が感心し、アルヴィンを見る目が一気に変わったのは明白だ。

ウォルターの職業まではわからなかったローザは、アルヴィンの非凡な観察力に改めて感心しつつ尋ねる。

「そもそもリャナンシーは、どのような妖精なのでしょう」

「そうだね、ウォルターの認識とすりあわせをするためにも話そうか」

アルヴィンはティーカップを傾け紅茶を一口飲むと、滑らかに語り出した。

「リャナンシーは古い言葉で〝妖精の愛人〟〝妖精の恋人〟という意味になる。若く美しい女の姿で現れて、詩人や芸術家に霊感を与え、その芸術性を高めてくれる妖精だと言われているんだ。彼女自身が気に入った男性以外には姿が見えないという性質もある。まさに魅入られた本人だけの運命の女のような存在だ。ウォルターのような芸術家には特に気になる妖精だろうね」

「リャナンシーは、人に恩恵を与えてくれる妖精なんですね」

家人の死を知らせるバン・シーや、盗人(ぬすっと)をやり込めるレプラコーン、部屋を片付けるひねくれ者のブラウニー。そのような人を翻弄する妖精の話ばかり聞いていたから、新鮮に思えた。

なのだが、アルヴィンはやんわりと微笑(ほほえ)んで、首を横に振った。

「いいや、代償を必要とするんだ。リャナンシーは恋をした相手の男性に霊感を与える代わりに、精気……一説には血を少しずつ奪っていくという。古来より優れた芸術家達に短命な者が多いのは、リャナンシーに精気を奪われたからだと言われている。だからリャナンシーには〝死のミューズ〟という異名があるんだ」

美しい娘の姿をしたリャナンシーが、そのたおやかな腕をウォルターの首筋に絡める様を幻視したローザは息を吞む。

妖精はどれだけ愛嬌がある行動をしていても、全く油断できない性質を内包している。

「……これが一般的なリャナンシーの姿だと思うけれど、どうかな？」

アルヴィンの視線を受けたウォルターは、胸に抱えた鞄を握りしめて口を開いた。

「その、リャナンシーか、はわかんないんですが、僕がその人に会ったのは、カントリーハウスで開催された『リャナンシーに会える』という会だったんです。僕があの夜を一緒に過ごした人が妖精でなければ、あの不思議な出来事に全く説明がつかないんだ」

「君はどうして、その会に参加することになったのかな？」

アルヴィンの問いかけに、ウォルターはおずおずと答えた。

「リャナンシーの会を知ったのは、サム……知り合いの音楽家が急に、羽振りが良くなったことからでした。僕のは絵を見たようにしか描けないから評判がよくないんです。サムも同じで、彼はピアニストなんですが、レストランで賑やかしに弾かせてもらうのがいいところで、彼はいつも『もっと才能があれば、こんなとこで弾いてないのに』というのが口癖でした。それが……」

ウォルターの話はこうだった。

いつもたむろしているパブに、サムがこぎれいな格好で現れた。

素直な驚きと少しの羨望を込めて彼に話を聞いてみると、思わせぶりな表情で「リャナンシーに出会ったおかげで、仕事が増えたんだ」と語った。そしてサムはウォルターを「リャナンシーに会える会」に誘ってきたのだ。

「要は週末の間、屋敷の招待客の話し相手になって、特技を披露して楽しませたらいいってことのようでした。『そこでリャナンシーに気に入られれば、お前も仕事が増えるぞ』とサムは言ってました。ほかにも主催者である女主人のシエナ・マクラミン様が男を破滅させるような妖艶な美女だとか、すごくいろんなことを話してくれました」

「マクラミン、ね」

アルヴィンが小さくつぶやいたが、ウォルターは気づかなかったようだ。

「けど、なんでも良かった。僕もできるのなら絵で生計を立てたい。だから、サムの誘いに乗って、その会があるフレッチャーホールに行きました」

鉄道で半日ほどかかる場所だったが、行くと決まると乗車賃も先方が出してくれただけでなく、駅には迎えの馬車すらあった。

屋敷の主人はおらず、代わりに女主人のシエナ・マクラミンが出迎えてくれた。招待客は一様に若い人が目立ったが、明らかに身分のある人々ばかりでウォルターは大いに萎縮したらしい。

それでもウォルターは到着した一日目を平穏に過ごした。シエナはサムの言う通り妖艶で身を破滅させそうな美人だった。彼女に求められるまま絵を描いて過ごした。

奇妙だったのは、参加者は全員社交をしながらも、一様に上の空だったことだという。

「招待客は皆、晩餐会の後にあるなにかを心待ちにしているようでした。どうやらそこでリャナンシーに会えるようで、食事中から気もそぞろなのがわかるほどだったんです」

「晩餐会の後というと、女性は別室でお茶を楽しんで、男性はダイニングルームに残ってシェリー酒やシガーと共に談笑するものだと思ったけれど、違ったのかな」

アルヴィンが不思議そうに問いかけると、ウォルターは自信なさげにする。

「ええと、女性も男性も別室のシガールームに移動していました。女性も行くのはちょっと珍しいな、とは。しかも、僕達みたいな雇われ人でも参加できると言われました。……なんですけど、僕は緊張して、夕食に出されたワインを飲み過ぎて悪酔いしてしまったんです。お酒に弱いのに。結局、そのシガールームには行けなかったんですよ……でも、おかげであのご婦人に出会えたんです」

決まり悪げに頭に手をやったウォルターだったが、その瞳はどこか夢見るように熱っぽい。本題はここからなのだと、ローザは思った。

「僕はサンルームで休憩してました。本当は自分の客室で休みたかったんですが億劫で……。で、ふっと寝そべっていたカウチの傍らを見ると、サイドテーブルに透明なカップがあったんです」

「透明なカップかい？」

「はい。硝子製だったのかな？　持ってみるとちょっとひんやりとして、でもしっかりとした作りのカップでした。あ、そうだ！　ちょうどこんな感じです」

思い出したように、ウォルターは両手で握っていた鞄からクロッキー帳を取り出し、その中の一ページを開くとテーブルに置く。

描かれていたのは、美しい硝子のカップだった。画材は鉛筆だろう、モノクロで描かれたそれは恐ろしく細密だ。モノクロでなければ、ローザはそこに実際に器物があると錯覚していただろう。

「とても、お上手ですね……」

ローザが思わずこぼすと、ウォルターはうろたえた様子で手を振った。

「い、いえいえ僕は見たままぁしか描けないので……今はもう写真がありますから、あまり役に立ちませんし、美化して描けないと肖像画描きとしても仕事がないんです」

「とはいえ、絵画として売れるかはともかく、質感まで感じられる良い素描だよ。それに正確に描かれているのだとしたら、興味深いカップだね」

アルヴィンが眺める横で、ローザもまた描かれたカップをじっくりと確認した。

カップに把手はないが、丸みを帯びた表面には幾何学的な装飾が細やかに施されているのがわかる。それが光に照らされて床に反射するのを表現しているのだろう、そのカップの影にまで模様が映り込んでいるのが細かい。

ソーサーはないが、ローザはそのカップの形に最近見覚えがあった。

アルヴィンも興味深そうにする。

「材質さえ考慮に入れなければ、古いティーカップによくある把手なしの物、ティーボウルに見えるね」

「やっぱりそう思いますよね！　いやあ僕のばあちゃんちで見たティーカップに見えてしかたがなくて、月明かりに照らすと本当にきれいで、ふと考えたんですよ。これでお茶を飲んだらおいしいんじゃないかって」

「硝子に見えるカップに、熱々のお茶を注いだのかい？　割れてしまうよ」

アルヴィンの意外そうな問いかけに、ウォルターは我に返ると決まり悪げにした。

「ですよね、今考えると、硝子のカップに熱々の紅茶を入れるなんて我ながら酔っていたなあと思います。でも、それ、割れなかったんですよ」

とっておきの秘密を明かすように語られ、ローザは驚く。

硝子の器は、常温や冷たいものを入れるための器だ。少しの衝撃や熱で割れてしまう繊細さは、洗うときや持ち運びにも細心の注意が必要で、メイド泣かせの一品でもある。ましてや、熱湯に近い紅茶を注げばあっけなく割れてしまうだろう。ちょうど今朝、クレアが保存用の瓶を煮沸しようとして割ってしまったように。

だが、ウォルターの表情は嘘をついているようには見えない。

ローザとアルヴィンが驚いているのを尻目に、ウォルターは話を続ける。

「いい思いつきだと思って、僕は自分の部屋にとって返して、紅茶セットと水差しを持ってきました。メイドさんに頼めばいいんだろうけど、わざわざお茶を飲むためだけに呼ぶのは気が引けるし、好きな時間に飲みたいんでティーケトルまで一式持ち込んでたんですよ。それでお茶を淹れていたら、不思議な女性……シエナ・マクラミン様に似た人が現れたんです」

似た人、というのはどういうことだろう。ローザが不思議に思っていると、ウォルターはうっとりとした顔をした。

「マクラミン様は常に招待客の中心に居たのだから、一緒にシガールームに居るはずです。だから、僕の前に現れたのはマクラミン様の姿を借りたこの世の者ではない美しい生き物のように思えました。だからか、酔って気が大きくなっていたのも相まって、気がついたら僕はお茶に誘ってたんですよね。いやあ酒の勢いは怖い」

「その、大丈夫だったのでしょうか。先ほどフィッチさんがお話しくださったシエナ・マクラミン様は……かなり、気位の高い方だと感じましたが」

ローザは言葉を選んだが、はっきりと言うなら典型的な上流階級（アッパークラス）の人間で、他の階級の人間に興味は薄く、高慢そうに思えた。中流階級にお茶に誘われるなど、気分を害してもおかしくない。

「そう、そうなんですよ。昼間のマクラミン様は妖艶で超然とした、昔話のリャナンシーのような人に思えました。酔って暴言を吐く客にも動じず、『なら、帰ってくださってかまいませんのよ』と言って黙らせてしまったんですからね！　あの気迫は怖かったなあ」

ローザに同意を示しながらも、ウォルターは嬉（うれ）しそうに続ける。

「けど、僕の前に現れたマクラミン様は、月明かりとランプに照らされて、消えてしまいそうなほど儚（はかな）げでした。なんというか、迷子なのに助けを呼ぶ声も出せず泣くのをこらえている、小さな女の子に見えたんです。いや、結婚もしてる女性に対する感想じゃないんですけど。一人でいさせちゃいけない気がして声をかけちゃったんですよねえ……」

ウォルターの困惑混じりの言葉に、ローザは先ほど現れた黄色いドレスの女性を強く想起した。彼の話は、ローザがうまく表現できなかった彼女の印象に酷似している。

けれど、ウォルターが出会った「シエナ・マクラミン似の女性」が都合良くこの店に現れるなんて。そんなことはあり得ないだろう、とローザは密（ひそ）かに打ち消した。

「彼女は僕の誘いに乗ってくれて、あの透明なティーカップでお茶に付き合ってくださったんです。透明なティーカップは彼女に渡してしまったので、僕は持参のカップだったんですが、あれほど楽しくておいしいお茶は初めてでした。月明かりとランプの火に照らされた彼女は、赤い髪がキラキラと輝いていました。そのまま儚く溶けてしまいそうで……人生で見た中で最も寂しく美しい光景に思えました」

そう言ったウォルターは一転、沈んだ表情になった。

「翌朝酔いが覚めた僕は、非礼をわびようとマクラミン様に声をかけたのですが、知らない、と言われてしまったんです。しかもシガールームに居た人達に聞いても、マクラミン様はシガールームに居たはずだと言われて……。あの儚げで寂しげなもう一人のマクラミン様はどこにも居なかった。頭がおかしいと思うかもしれないけど、だから、僕が会ったのは本物のリャナンシーなんじゃないかと思ったんだ」

ウォルターの訴えに、じっくりと聞いていたアルヴィンは微笑した。

スノードロップの花が綻ぶような可憐な笑みは幸福そうで、この世の者とは思えないほど美しい。

ウォルターもローザも目を奪われている中で、アルヴィンは口を開いた。

「頭がおかしいだなんてとんでもない。リャナンシーに会えるという会で遭遇した昼と夜では別人のような謎めいた女主人。さらに君はリャナンシーに気に入られる可能性のある芸術家と来ている。無事に帰れて運が良かったし、君は本当に素晴らしい経験をしたね」

「えっとありがとう、ございます？」

ウォルターの完全に腰が引けた反応もかまわず、アルヴィンは疑問を投げかける。

「君の相談は、その夜に出会ったリャナンシー……仮に夜のシエナ・マクラミンと呼ぼう。彼女の正体が知りたい、ということだね。それならもう一度、自分でフレッチャーホールに行って確かめてみれば良いのではないかな？　僕に相談を持ちかけた理由が他にあるのだろうか」

とたん、ウォルターの表情が曇り、明らかに消沈した様子になる。

「その……僕はマクラミン夫人に嫌われてしまったらしくて、途中で追い出されてしまったんです」

おや、とローザが思ったのだから、アルヴィンはもっとだろう。

予想通り、彼は目を細めた。

「昼の彼女に嫌われた理由に、なにか心当たりがあるのだね？」

アルヴィンが微笑をほどくと、その美貌は威圧を帯びる。

ウォルターはひゅっと息を呑むと、しどろもどろに語り始めた。

「ええと、確かなことでは、ないんですが、したことと言えば、マクラミン夫人に頼まれて、指定された植物の絵を描いたんです。なるべく、細密にという指示で。サムから聞いてたんですが、夫人は画家が来ると、必ずと言っていいほど温室の植物を描かせるんだそうです。よく描けたな、と思ったんですがうっかり彼女の似顔絵も描いてしまって……。僕の人物画は生々しいって嫌われるんですが、案の定『もう二度と来ないように』と言われてしまって、会の途中で帰されてしまったんですよ」

消沈するウォルターは、それでも必死に願ってきた。

「漠然としていることはわかってます。でも僕はあの夜に出会ったリャナンシーがなんだったのか、どうして寂しそうだったのか知りたいんです。だから、どうか調べてくれませんか！」

ローザは先ほどまでのかなり興奮した様子のアルヴィンを見ていたから、きっと即座に承諾するのだろうと思った。

「植物の絵か……」

アルヴィンは、指をあごに当ててつぶやいたかと思うと、立ち上がる。

突然の行動をローザがウォルターと共に追っていると、アルヴィンが持ってきたのは黄色いドレスの女性が置いていった絵画の箱だ。

ローザは、まさかと思った。

「もしかしてこの絵に心当たりがあるかな」

アルヴィンが言いつつ、箱の中に入っていた絵をウォルターに見せる。

ロベリアとシャクナゲ、そしてポピーに似た花を見たとたん、ウォルターは驚愕(きょうがく)して立ち上がった。

「これ、僕がフレッチャーホールでマクラミン夫人に描いた絵です。どうしてここに……!?」

まさか、という既視感がぴったりと重なり、ローザは動揺のまま思わず言葉をこぼす。

「この絵は来店された女性のお客様に鑑定をお願いされた物なのです」

「っもしかしてこ、この女性でしょうかっ」

ウォルターはテーブルに置いていたクロッキー帳から別のページを見せる。

描かれていたのは若く美しい女性だ。

先ほど見た透明のカップや、植物画よりは線が粗めだが、胸から上を描いた人物画は、描かれた彼女の美しさを伝えるには充分だった。瞳が印象的で思わず引きつけられるような強さがある。

なにより、悲しげな憂いを含んだ顔立ちは、来店した彼女そのものだったのだ。

確信したローザは、大きくうなずいて肯定する。

「お店に来られたのはこの方ですっ。シエナ・マクラミン様、だったのですか……」

「うう、絵をさっさと手放そうとするほど、嫌われていただなんて……」

ウォルターは涙ぐみながら肩を落とした。

落ち込ませるつもりはなかったが、ローザも動揺していた。

彼が話してくれた夜のシエナと、黄色いドレスで来店した婦人の印象がぴったりと重なる理由は、同一人物だったからだった。

ならばなぜ、ウォルターがカントリーハウスで見た昼のシエナは、彼を追い出したのだろう。

ますます謎は深まり、ローザは混乱するしかない。

理知的な面差しで沈思していたアルヴィンはウォルターに問いかけた。

「描いた植物は、マクラミン夫人に指定されたと言ったね。花の説明はされたのかな」

「えっとはい。この豪華なのはシャクナゲで、蝶の形をした青紫の花はロベリアで、真ん中のは新種のポピーと説明されました。あ、と言っても僕が実際に見て描いたのは新種のポピーだけなんですが」

ぽつぽつと語ったウォルターの言葉で、ようやくローザは先ほど感じた違和の正体に気がついた。

今の季節は十二月だ。けれど、ロベリアの花期は三月から十一月上旬くらいまで。シャクナゲの花期は四月下旬から五月中旬、真ん中の花を仮にポピーとしても花期は四月から六月だ。この植物画に描かれている花は皆、今の時期には咲いていない花なのだ。

アルヴィンはとうに気づいていたのだろう。興味深そうに念押しする。

「つまり君は、新種のポピー以外はなんらかの資料に当たってわざわざ描いたんだね？」

「は、はい。マクラミン夫人がたくさんの植物画やモノクロの写真を持ってきてくださったんで、それを参考に描きました。今思えば妙だったですね？」

ウォルターが不思議そうにする中、アルヴィンはもう一度植物画をじっくりと見つめて考えている。

その沈黙にウォルターは不安になったようで、おそるおそる尋ねた。

「あのう……それで、リャナンシーの正体を探って、もらえるんでしょうか……」

「ああ、うん。不安にさせてしまったようだね。大丈夫だ、僕も『リャナンシーに会える会』というのに興味があるからね。ただ、いくつか協力してもらえるかい？」

「な、なんでしょう……？」

「君の友人であるサムくんに、僕達が次の『リャナンシーに会える会』に参加できるよう頼んで欲しいんだ」

大胆とも、率直とも言える要求に、ウォルターはのけぞるなり両手をかざして振る。

「む、無理ですよ僕は出禁を食らっているんですよ⁉　僕からの紹介だとわかったら断られるに決まってます！」

「でも、やっぱりリャナンシーとうり二つの本人を、君が彼女を見た場で直接確認したほうが正体にたどり着けると思うんだよね。それに、断られることはおそらくないよ」

「なんでそんなこと言い切れるんです……？」

「いいからいいから、コツは僕の店の名前を出してお願いすることだ。さぁ、頼んだよ」

恐れおののくウォルターに、アルヴィンは柔らかく微笑みながら強固に主張する。

そんなアルヴィンに、ローザは己の動揺が収まらない中でも少し違和を覚えたのだ。

＊

ウォルターが不承不承といった雰囲気で承諾した数日後。

再び青薔薇骨董店にやってきた彼は、困惑をあらわにしながら招待状を差し出した。中にはしっかりと鉄道チケットが入っている。

どうして招待されるとわかったのか、ウォルターは理由を聞きたそうにしていた。が、「報告は会に参加した後で」とアルヴィンが言ってひとまず帰した。

ローザは店舗内にある緑の椅子に座ると、閲覧の許可をもらい、招待状を眺める。

丈夫で手触りの良い紙を使った封筒で、差出人には「シエナ・マクラミン」と美しい筆致で書かれている。中には「当フレッチャーホールで開催されるハウス・パーティへぜひおこしください」という趣旨の内容が綴られている。

そこには「リャナンシー」という単語は影も形もない。強いて言うのであれば「骨董店店主の深い知見とお話を楽しみにしている」という部分くらいだろうか。

この内容からは、ローザが応対した黄色いドレスの女性とも、ウォルターが話してくれた貴族的な女性とも印象が結びつけられない。

ローザがカウンターに居るアルヴィンを見ると、ほかの手紙を確認している。依頼を承諾した翌日、アルヴィンにたくさんの手紙を出してくるよう頼まれた。その返事なのだろう。昨日は国立図書館へ足を運んでいたようだ。

ただ、ローザには気になることがあった。リャナンシーを探ると承諾したアルヴィンが、あまり目を輝かせていないようなのだ。

彼は「妖精」という事象に執着している。だからこそ正体がわかるまで熱心に調べる。今回も熱心ではあるのだが、いつもとは少々様子が違うような気がした。

不意にアルヴィンが手紙から顔を上げローザを見た。

あまりにタイミングが良くて、ローザは少々大げさに反応してしまう。

「どうかしたかい？」

「あ、いえ……」

ローザは素直に聞きづらく言いよどむが、そこで手紙にあった単語を思い出した。

「この手紙に出てくるハウス・パーティ、というのはなんでしょう。文脈からして、誕生日会や祝賀会のようなものではなさそうですが……」

アルヴィンは銀灰の瞳を細めながらも、納得したように説明をしてくれた。

「ハウス・パーティというのは、貴族や資産家が郊外や地方にある邸宅……カントリーハウスに客を招待して開くパーティのことだよ。最近は鉄道を使って短時間で遠くまで移動できるようになったから、週末に周囲から隔絶された邸宅で交流するようになったんだ」

ローザはその規模の違いに呆然（ぼうぜん）となる。

一応鉄道に乗ったことはあるが、母が特別手当をもらったときに、近場の郊外へピクニックへ連れて行ってもらった一度だけだ。ましてや週末に遠方へ遊びに出かけるためだけに利用する、というのは想像もつかなかった。

「なんというか、全然違う世界ですね……」

驚くばかりのローザにアルヴィンは素直にうなずいた。

「そうだね。しかも、主催者側は招待客を退屈させないために、芸術家やその社交界での有名人を話し相手として招くんだ。謝礼金を払ってね。ウォルターが招待された理由はこれだろう。週末を楽しく過ごすためだけに、かなりの手間をかける」

言葉を切ったアルヴィンは、テーブルに置いてある紙束から新聞を取り出す。

ぺらぺらとめくるとローザに差し出した。そこには男の肖像画があしらわれた派手な広告が載っている。肖像画は印刷が粗く細部が見えづらいが、紅茶メーカーの広告のようだ。

「今回招かれるフレッチャーホールを所有するマクラミン氏は、この紅茶商社であるシャーレー社のオーナーだ。十年と少し前まで破産寸前だったけれど、最近急躍進して一番勢いがあるって言われているみたいだよ。シエナ・マクラミンはその妻だね」

シャーレー社、と聞いて、ローザはクレアの話を思い出す。

『そりゃあ、シャーレー紅茶みたいな高いばかりでおいしくないのもありますけど、アルヴィンさんなら見分けられるでしょう？』

クレアが辛辣だったために、よく覚えていたのだ。

「うちで飲んでいるアールグレイを販売するウォルツ社の、ライバル会社とされている……と言ったら想像がつくかな。茶貿易自由化後もその品質の確かさで老舗とされているウォルツ社は、アールグレイを通じてグレイ家と関係が深い。一方シャーレー社は茶貿易自由化の余波を受けて破産寸前にまで追い込まれている。今でこそ、以前の規模に戻ったシャーレー社だけれど、躍進したウォルツ社はもちろん、茶貿易自由化に寄与したグレイ家に良い感情をもってはいないだろう」

確かに、クリフォードは、アールグレイの名前がグレイ家にまつわるのだと話していた。名前を付けるほどに感謝をしているのだから、その関係の深さはローザにもわかった。

こくりとうなずくと、アルヴィンはよくできました、とばかりに微笑んだ。

「そして破産の危機に際して一度清算されてしまった人脈を取り戻すために、オーナーのマクラミン氏はかなり社交には力を入れているのだろうね。貴族をはじめとした富裕層は、人脈が命だから。ただ評判は良くはない。彼らが結婚した当初の古い新聞に若い妻を放埓に遊ばせる夫という感じで書かれていたよ。『マクラミン家に嫁いだ貴族の妻は、結婚してすぐいかがわしいパーティで朝帰りをした。軽薄に自由を楽しんでいる』みたいな風にね。かなり扇情的な書き方をする新聞社の記事だから、真偽は怪しいところだけど」

「真偽が怪しいのに、そんなひどい書かれ方をされるのですか……⁉」

もはや圧倒されるばかりのローザに、アルヴィンは少し苦笑する。

「貴族をはじめとした富裕層は秘密に包まれている。多数派を占める中流階級以下の人達は秘密を知りたいと考えて、好奇の眼差しを注ぐからこそ、富裕層は個人的な領域まで探られてゴシップを書かれがちだ。新聞だけでなく、同じ富裕層の中でも口さがない噂が流される。娯楽なんだね」

あまりにも別世界の話だった。

しかし、クリフォードの従者であるジョンをはじめとして、以前ローザが暮らしていた地区でも、皆が自分達から遠い存在である富裕層の醜聞を無邪気に楽しんでいた。

そんな噂話を少なからず聞いてしまっていた後ろめたさに、ローザは言葉をなくす。

アルヴィンは途方に暮れるローザに気づくと「話が逸れたね」と言う。

「だからこそ、富裕層にとって秘密にできる場での社交というのは、とても重要なんだ。表向きは上流階級の気楽な社交の一環だけど、閉鎖された空間で、なにが行われたか外に漏れにくい。だから政治家の密かな会合の場としてカントリーハウスが利用されることもあるよ」

「では、わたし達の『招待』というのは、フィッチさん枠で、ということでしょうか」

くらくらしながらも、ローザがなんとか今理解すべきことを把握すると、アルヴィンは少し悩む風だ。

「それはちょっとわからないな。とはいえ出発は来週末だ。それまでに持って行く骨董(こっとう)の選定と……ああ、そうだ、ローザの旅行の準備もしなきゃいけないね」

「えっ？」

ローザは虚を突かれてアルヴィンを見る。

彼はローザの肩越しに招待状を覗(のぞ)き込(こ)む。銀の髪がふわりとローザの頬を撫(な)でた。

「ほら、ここ。『晩餐会(ばんさんかい)がございます』とあるだろう。つまり僕は夜の正装の、君はディナードレスの準備が必要だ」

たかだか食事をするだけなのになぜ？　とローザは思ったが、母の教えを思い出した。

「夜に豪華な食事を、きちんとした場でいただくときの約束事、ですか？」

「お母さんから聞いたのかな。そうだよ。正式な場では食事も一種の社交だから、場にふさわしい衣装が必要なんだ。もしかして、お母さんから食事の手順を教えられたかな」

アルヴィンに問いかけられたローザは、うっと怯(ひる)む。母と遊んだ中には「きちんと食事をする手順」もあることにはあったが……。

「教えてはもらいました。ですが、アルヴィンさんが考えていらっしゃるものと一緒かはわかりませんし、最後に習ったのは母が体を悪くする前ですから、自信は……」

「なるほど。念のため夕食でおさらいしておこうか。まず今日はハベトロットに行って、衣装についてミシェルに相談しておいで。どういったものが必要かはメモにするね」

「えっええとアルヴィンさん、は、一緒にいらっしゃらないのですか？」

てきぱきと段取りを決めるアルヴィンに驚いてローザは口を挟む。

早速万年筆と紙を手に取っていたアルヴィンは、文字を書く手は止めないまま、少々困った色を見せた。

「本当はついて行きたいけれど、僕も方々調べに回る必要があるから、ごめんね」

「いえ、かしこまりました。ミシェルさんのところには一人で参ります。マクラミン夫人が、ボタニカルアートを取りにいらっしゃるかもしれませんし、お店を開けておけないのは残念ですが……」

「おそらく彼女は来ないから気にしなくていいよ」

アルヴィンに間髪入れず答えられ、ローザは戸惑って彼を見上げる。

「そう、ですか？」

「ローザは、あの日の彼女の言葉を正確に伝えてくれたよね。あの日、彼女は『鑑定をお願いします』と言ったと聞いたけど、間違っていない？」

「は、はい」

「なら、僕達は彼女に会う前に、あのボタニカルアートが内包する価値と内容を精査し、鑑定し、依頼人に伝える言葉を決めなければならない、と思うんだ。副業とはいっても、僕達は骨董屋だからね」

その言葉は、骨董に対するアルヴィンの姿勢を示している気がした。彼はウォルターだけでなく、絵を持ち込んだ女性についても疎かにしていないのだ。

良かった、とローザは安堵して、自分の心の動きにおや、となる。

やはり自分はシエナについて、とても気になっているようだ。シエナが疎かにされないとわかってほっとしている。

ふと、見ると、アルヴィンの表情から微笑みが消えていた。

「本当はね。ローザを連れて行くかも悩んでいるんだ」

ついて行く前提で考えていたローザは驚いた。どうして、ととっさに聞こうとしたが、彼は途方に暮れたような表情をしていた。

「まだ不確定なことが多いけれど、君をまた危ない目に遭わせてしまうかもしれないし、ひどい物を見せてしまうかもしれない」

危ない目、と聞いてローザはとっさに店内へ視線を走らせる。

今はもうその痕跡はないが、たった数ヶ月前に起きた強盗事件で、この美しい光景は見るも無残に壊された。ローザも怖い思いをしたのは、忘れていない。

「僕は別にかまわない。祝福があるからね。けれど一般的に怖くて危ないかもしれないことを他人に強いるのは良くないことだ。それでも、ね……」

そこで、アルヴィンは珍しく言いよどんだ。彼の言葉は謎かけみたいだ。きっとローザがわからないことにまで、気づいているのだろう。その彼が迷っている。

ローザはとっさに声を上げた。

「いいですよ。アルヴィンさんの言葉で話してください」

その先をきちんと知りたいと、思ったからだ。

アルヴィンは目を瞬くと、ふっとローザから目をそらす。けれど小さな声で答えた。

「君は、店に現れたシエナ・マクラミンの印象を語ってくれたね」

「はい、はじめは少し冷たそうに見えましたが、夜にフィッチさんが見た方の印象と同じです。儚(はかな)げで寂しそうで、とても緊張していらっしゃって……けれど、優しい方でした」

転びそうになったことを申し訳なさそうにして、支えたローザを心配してくれた。

穏やかに友人のことを話しながらも、強い後悔をにじませる姿は、亡き母がローザに向けていた目と重なった。

ようやく己が気になる理由を悟っていると、うなずいたアルヴィンが言う。

「僕は君の印象を聞いたのもあったから、ウォルターが遭遇したリャナンシーについて、ある程度見当はついているんだ」

ああやはり、とローザは腑に落ちた。アルヴィンがいつもより妖精にのめり込んだ様子がなかったのは、思い違いではなかった。

言いにくそうにためらいながらも、銀灰の瞳はローザを見つめた。

「けれど今回の件は、心がない僕だけではわからないことがある。だから、ね、君の心と目を貸して欲しいんだ。僕に、僕の心を教えてくれると言ってくれたみたいに」

ローザの心に不安がよぎる。胸に絞られるような苦しさがある。

アルヴィンが求めるような働きができるだろうか。わからない。それでも彼は自分の思いを素直に打ち明けて、ローザが必要だと語ってくれた。

そして、約束したのだ。

きゅっと、ロケットを下げた胸のあたりを握ったローザは、青の瞳でアルヴィンをまっすぐ見上げた。

「もちろんです。アルヴィンさんの心をわたしが信じる約束ですから、ついて行きます」

アルヴィンの表情はあまり変わらない。けれどローザには、彼を取り巻く空気がどこか緩んだ気がした。

「うん、じゃあよろしくね」

「はい。ああ、そうです。お忙しいのでしたら旅行の準備は大丈夫でしょうか？　いえ、わたしも旅行に行くのは初めてですから、あまりお役に立たないかもしれませんが、お手伝いは必要でしょうか」

ローザが問いかけたとたん、アルヴィンの表情が固まる。ほんの一瞬だったが、ローザは見逃さなかった。

「だい、じょうぶだと思うよ。商品や必要な物を詰めればとりあえずそれでいいし」

「……ええと、グリフィスさんに少し相談してみますね」

ルーフェン警察庁に勤めるセオドアは外泊が多いため、手際よく荷物を鞄に詰めて出て行くのをよく見ていた。彼に相談すれば、良い知恵を貸してくれるだろう。

「うん、そうしようか」

硬直がほどけたアルヴィンが若干決まり悪そうにするのに、ローザもまたほっと安堵したのだった。

＊

旅行鞄を外に運び出したローザは、荷物の中に平べったい箱があるのに気づいてにわかに緊張した。

結局、ボタニカルアートの鑑定を依頼した女性は青薔薇骨董店に現れないまま、出発の日を迎えていた。

セオドアに荷造りの知恵を借りた結果、旅行鞄への効率的な詰め方を指南してもらうことになった。旅行鞄など持っていなかったため、新たに大きな鞄も準備した。思わぬ出費ではあったが、ローザの荷物はその革鞄ひとつに収まった。そのほかにも食事のマナーを確認したり、持って行く骨董品についてきちんと説明ができるよう練習したりと週末まで大忙しだったのだ。

一方アルヴィンも方々へ外出したり、セオドアと話し込んでいたりしてローザ以上に忙しくしていた。

「おお、ローザが運び出してくれていたんだね。でも重かっただろうに」

その言葉に振り向くと、旅行姿のアルヴィンが居た。頭頂が丸く縁のある帽子、ボウラーハットに丈夫そうなコートで、首にマフラーを巻いている。銀色の髪はいつも通りひとつにまとめられていた。

「少しかさばって持ちにくいですが、重量としては問題ございません」

「ローザは相変わらず力持ちだね」

感心するアルヴィンにローザは照れてはにかむ。

戸締まりを確認しようとした矢先、道の向こうからクレアが歩いてきた。外に居るローザ達に気づくと、ほっとしたように駆け足で近づいてくる。

「アルヴィンさん、ローザさん。まあっ！　今日の装いはとっても可愛らしいわねぇ」

クレアに手放しで褒められて、ローザは顔を赤らめる。

今日の装いは橙みがかった黄色のジャケットに、今回のために新調したスカートを合わせていた。スカートの丈はブーツがくるぶしまで見えるほど短く、ボリュームが抑えられているため歩きやすい。

帽子に青薔薇のコサージュがあしらわれていたり、ジャケットとスカートに所々青色の細いリボンが飾られていたりして、アクセントになっている。

さらに今は防寒のために肩から水色のケープを羽織っていた。縁にはふわふわとしたファーが付いていて暖かく、冬の灰色の景色にぱっと華やかに見えて、ローザは気に入っている。

アルヴィンもクレアの言葉で、改めてローザを見つめた。

「うん、今日のローザも服が似合っているよね。現地で必要な服もミシェルはうまいこと作ってくれたみたいで良かった。ところでクレアはどうしてここに？　昨日でお別れを済ませていたと思うけど」

「ああそうでした！　鉄道に乗っている時間は長いんでしょう？　でしたら途中でご飯が必要なんじゃないかと思いましてね。色々作ってきたんですよ。どうせ時間がなくて朝ご飯も紅茶一杯とかで済ませてしまっているんでしょう？　お腹が空いているのは全く良くありませんから、鉄道に乗ってる間に食べるといいですよ」

　クレアはかごから取り出した大きな包みをアルヴィンに渡す。

　面食らうアルヴィンに、クレアは大まじめな顔で続けた。

「いいですか、ご飯を疎かにしてはいけませんよ。なによりローザさんが居るんですからね。アルヴィンさんが守ってあげなきゃいけません！　いつも以上にのらくらとしてはいけませんよ」

「うん、もちろんだよ。ローザはちゃんと守るから」

　アルヴィンが朗らかに応じるのに、ローザは少しだけどきりとする。

　彼の声色がとても真剣に感じられたからだ。ただクレアにはわからなかったようで、あきれたように腰に手をやった。

「もうちょっとしっかりしてください！　まあ結局はローザさんがアルヴィンさんの面倒を見ることになりそうですけど。ローザさんも気をつけてね。けれど街の外に行けるなんて滅多にないでしょうから、楽しんでいらっしゃいな」

　ローザは今はアルヴィンの手にある食べ物の包みを見る。

　大きさからして、クレアはたっぷりと様々な食べ物を用意してくれたのだろう。今はまだ空が朝焼けに染まっている時刻だ。つまり昨日帰ってから色々と準備をしてくれて、こうして持ってきてくれたのだ。クレアの気づかいに、ローザは心が温かくなる。

「はい、ありがとうございます。行ってきます」

「ええ、いってらっしゃい！　エセルの面倒も留守番も私に任せてちょうだい」

クレアが満面の笑みで応じてくれる。ふと店の出窓を見ると、見送りをするように、エセルがこちらを向いて座っており、尻尾を揺らめかせていた。

そうだ、初めてローザはルーフェンの外に出るのだ。胸が高揚する。

「じゃあ、行こうか」

青い扉に休業の張り紙をしたアルヴィンと共に、ローザは荷物を持った。

蒸気機関車が走る鉄道は、国の中心であるルーフェンからエルギス全土に向けて線路が敷かれている。

この鉄道網のおかげで、中流階級が日帰りピクニックを楽しみ、郊外に購入した家から毎日通勤する勤め人が多く生まれたのだ。

ローザが母と蒸気機関車に乗り、郊外へピクニックに行ったときは三等車だった。ほかの乗客とぎゅうぎゅうになっていたし、蒸すように暑い室内を換気するために開けられた窓から入り込む石炭の煙で咳き込んだのを覚えている。

けれど今回は一等車で、駅のホームから直接個室に案内されて、ゆったりと座れた。個室にはアルヴィンとローザ以外に客がおらず、別世界のような居心地の良さを味わった。

アルヴィンと一緒にクレアからもらった食べ物の包みを開くと、トーストされたパンにオムレツを挟んだサンドと、マーマレードのサンドイッチだった。さらにおやつにだろうオレンジ色のキャロットケーキのほかに、ショートブレッドまで入っている。

駅で買ったお茶をお供に車窓を眺めながら、ローザ達はほんのりと温かいオムレツサンドを食べる。

太陽が中天に来る頃に鉄道は下車する駅に着き、そこで待っていた馬車に乗り換えてさらに移動する。

冬の冷気の中、流れる河川を横に見ながら門扉をくぐり、しばし馬車が進む。見えてきたのは壮大な建造物だった。

ローザはそれが個人の屋敷だとはじめは信じられなかった。三階建てで、外壁には暗い色合いの石が使われており重厚さと壮麗さを誇っている。

トンプソンクリーニング社も大きかったが、この屋敷はもっと大きい。

馬車が表の玄関ポーチにつけられ、アルヴィンに続いて馬車を降りたローザは圧倒されていたが、ほかの招待客の馬車から運び出される荷物の量にも驚いていた。

二日間の滞在にもかかわらず、特に女性は荷物運搬専用の馬車を使っている客も多くいたのだ。いくつもの大きなトランクが、屋敷から出てきた使用人によって運ばれていく。

ローザ達が乗ってきた汽車で到着した客が多かったのか、荷下ろしは順番待ちになっているほどだった。

「皆さん、荷物がとても多いのですね」

思わずつぶやくとアルヴィンが少し笑った。

「ご婦人の服が昼用と夜用、寝間着に化粧品類と必要だからね。ミシェルにも言われたのではないかな」

「……あ、確かに『まああなたは正式に社交をする招待客ではないのだし、昼用とディナー用だけそろえていればいいでしょう』と言われました」

「そういうこと。ただ少し困ったな、僕達はキャスト側だと思うから、使用人用の通用口に回ったほうがいいと思うんだよね」

アルヴィンがこっそりと言ったことで、ローザはなぜ彼が困った様子なのかを察した。

実は、駅で待っていた複数の馬車の一つに声をかけたとき、御者はアルヴィンの身なりを見るなり、なにも聞かず荷物を載せて発車させたのだ。その通り、彼は今屋敷に到着している男性客となんら遜色のない身なりと佇まいを持っている。

御者は招待客を送ることに慣れているようだったから、いちいち招待状を確認せずに仕事をしたのも責められないだろう。

ただ、仕事に慣れているというだけでは説明がつかないほど、御者は必要以上に話しかけてこず、どこか怯えた様子だったのが、ローザは気になっていた。アルヴィン達を乗せてきた馬車は、荷物を下ろしたとたん引き返していてここには居ない。

アルヴィンとローザが荷物の傍らでどうすべきか相談していると、地味なお仕着せを纏った男性使用人が近づいてきて恭しくアルヴィンに話しかけてきた。

「失礼ですが、お名前を頂戴してもよろしいでしょうか」

アルヴィンはああ、と若干困った色を見せながら手を横に振る。

「僕を招待客だと思っているね、だけど――」

「アルヴィン」

アルヴィンが答えようとしたとき、背後から硬い声が響いた。

その声に聞き覚えがあったローザは振り返る。

ずんずんと大股で近づいてきたのは、上等なコートとシルクハットを身に着けたクリフォードだった。シルクハットの間からこぼれる金髪が陽光を反射して輝いている。

感情が読めない気品あふれる佇まいは相変わらずだ。しかしよく見れば銀灰の瞳は大きな動揺で揺れている。クリフォードは振り向いたアルヴィンに、周囲を気にするそぶりを見せながらも話しかけてきた。

「駅で見かけてまさかと思ったが……なぜお前がここに居る」

「おお、ホーウィック卿も来ていたのだね。僕も招待されたんだ、ほらこれが招待状。……『リャナンシーに会える会』なんて、妖精学者としては来ないわけにはいかないだろう？」

アルヴィンは驚いた風もなく語りながら、懐から招待状を取り出してみせる。すると、クリフォードの顔色が変わりありありと不機嫌な形相になった。

一方的に険悪な様子に、使用人もローザも取り成すことができずただ見守るだけだ。

「お前はその意味を……」

クリフォードがアルヴィンに食ってかかろうとしたとき、ローザは玄関ポーチのほうから一人、女性が歩いてくるのに気がついた。

作業をしていた使用人達は一旦手を止めて頭を下げ、招待客達は一様に注目する。

ローザはあっと驚愕の声を上げそうになるのをなんとかこらえた。

その女性は青薔薇骨董店に来た女性であり、ウォルターのスケッチに描かれていたシエナ・マクラミンだったからだ。

けれど、店でローザが見た印象と全く違う。

顔立ちは同じなのに、同一人物なのか、疑うほど。

今の彼女は、いっそ毒々しいまでに鮮やかなオレンジのドレスを身に纏っていた。昼のドレスなのだろうが鎖骨が覗いており、露出した肌に赤みがかった茶色の巻き髪が垂れているのが艶めかしい。伏し目がちの眼差しはぞくりとするほど冷めているのに、視線を引きつけてやまない。妖艶、という言葉がふさわしい女性だった。

その場に居る全員の視線を集めながらも全く無感動な彼女は、悠々とクリフォードとアルヴィンの前まで歩いてくる。

「ようこそ、フレッチャーホールへいらしてくださいました。わたくしはシエナ・マクラミンですが……どうか、なさいましたか」

ローザは、クリフォードがアルヴィンのことをどう語るかはらはらした。

だが、意外にもクリフォードは瞳にあった動揺を押し殺すと、儀礼的な笑みを浮かべ、彼女の手を取り軽く握った。

「クリフォード・グレイだ。騒がせてすまない。知人の店主がいて、驚いていたところなのだ」

「……まあ」

シエナがアルヴィンのほうを向いて手を差し伸べると、アルヴィンもまたいつも通りの微笑み（ほほえ）で彼女の手を握った。

「はじめまして、僕はアルヴィン・ホワイト、青薔薇骨董店の店主だ。今回はお招きいただきありがとう。ただ手違いでこちらに案内されてしまったから、礼儀に反してしまっているのは許して欲しいな」

そこで、シエナの曖昧で夢のような表情に、なにか別の色が混じった気がした。けれどローザがその色を読み取る前に、シエナの顔は微笑に覆い尽くされた。

「いいえ、こちらで合っていますわ。青薔薇骨董店の方々、ようこそフレッチャーホールへ。どうぞ招待客の皆様を楽しませて差し上げてください」

「おや、そうかい、ではそのように。そうだ先に紹介しとくね、この子が僕の助手だ」

いきなり紹介されたローザはどう挨拶すべきか逡巡して、シエナを見る。

だが、シエナはローザを一瞥しただけだ。

「そう」

たったそれだけで、彼女はローザなど居ないもののように視線をそらした。

そのことに、ローザは少なからず衝撃を受けて立ち尽くす。

シエナはクリフォードへ思わせぶりな眼差しを向ける。

「グレイ伯爵家の方をお招きできるのは、わたくしにとってとても名誉なことです。どうぞごゆっくりお過ごしください」

「……ああそのつもりだ」

「では使用人に部屋へ案内させましょう、こちらにいらしてくださいな」

シエナに促されたクリフォードは、一瞬アルヴィンのほうを気にしたが、女主人に従って去っていった。

その後すぐ使用人によって案内された部屋で、置かれた荷物を確認したローザは、隣のアルヴィンの部屋を訪れた。

ほかの招待客とは離れた客室らしく、廊下はとても静かだ。

ノックして、返事をもらってから室内に入ると、簡易ティーセットをテーブルに広げているアルヴィンがいた。持ち運びできるよう箱にアルコールランプの付いたティーケトルやティーセット、紅茶葉などがまとめられたものである。

「隣の部屋で良かったね」

「そうですね、わたしは使用人部屋の近くでも良かったのですが……」

「いいや、ほかの招待客も、自前の使用人を連れていた者は居ないようだったから、たぶん用意はないんだろう」

その意味がわからず戸惑うローザだったが、アルヴィンはかまわず、ティーケトルで沸かした湯をティーポットに注いでいる。

ローザは近くの椅子に座りながら、呆然と先ほどのシエナの態度を反芻する。

店の従業員なんてものは、高貴な人にとって動く家具とそう変わらない。けれどももし、ローザになにかしらの反応を示したのなら、彼女の真意を推し量れたかもしれなかった。

……いいや、それでもやはり、ローザはシエナに忘れられて残念だったのだろう。

悄然としていると、砂時計をひっくり返したアルヴィンが言った。

「──シエナ・マクラミンは、わざと君を無視したね」

「えっ」

ローザは驚きのあまり声を上げた。まるで考えていたことを読まれたようだった、というのもそうだ。一番驚いたのは、なぜそのように確信を込めて語れるのかだ。あの短い会話でどのように、シエナの意図を推し量ったのか。

アルヴィンは、銀灰の瞳に理知を宿してこちらを見ていた。

「彼女は、まず僕が君を紹介する前に『青薔薇骨董店の方々、ようこそフレッチャーホールへ』と言った。その上で僕が君を助手だと紹介しても、彼女は驚いた様子も困惑した様子も見せなかった。……今の君の服装は令嬢に見えるのに、だ」

「あっ……！」

思い当たる節がある。そう、ローザは青薔薇骨董店の店内にいるからこそ、従業員だと理解されるが、初対面だと必ず中上流階級の少女だと思われる。童顔で低い身長から、幼くも見えるのだ。ちょうど、外で出会ったクリフォードが見間違えたように。

「うん、前情報のシエナ・マクラミンは、妖艶で高慢そうではあっても、女主人としてのもてなしはきちんとしている様子だった。上流階級の人間なら、初対面の人物の対応に迷ったのであれば、一言確認するはずだ。彼女の態度は、君が青薔薇骨董店の従業員だとすでに知っていたのに、初対面を装ったと言うほうがしっくりくる」

アルヴィンの観察と分析の見事さにローザは感心し安堵する。

彼女のほうに、事情があった。

「つまり店に行ったことを周囲に知られたくなかったということ、ですね。なら……」

その理由はなんなのか。

ローザがシエナという女性をもう一度思い返しながら、疑問を投げかけようとしたとき、扉が叩かれる。

アルヴィンの了解を得てローザが扉を開けると、そこに居たのはクリフォードだ。

まさか彼が来るとは思っていなかったローザは、見事な金髪の彼をぽかんと見上げた。

クリフォードはアルヴィンを見つけると、ずんずんと部屋の中に入ってきた。

「――アルヴィン、どういうつもりだ」

開口一番、地を這うような低い声で詰問するクリフォードに、ティーストレーナーを置いたティーカップへ紅茶を注ぎながら、アルヴィンは答えた。

「質問が漠然としていて、答えようがないね。僕が来た理由は先ほど話したと思うけど」

「はぐらかすな、マクラミン氏が経営するシャーレー社は、ウォルツ社のライバル会社だぞ。お祖父様が首相を務められていた頃に施行された茶貿易自由化で一旦表舞台から消えたが、最近急激に売り上げを伸ばし、今の業績に返り咲いた。しかしうまくもみ消しているが、貿易関連で何度ももめ事を起こしている。グレイ伯爵が推進している密輸防止強化法案にこそ中立を保っているが、まともな良識がある者であれば、敬遠する家柄だぞ」

「そうらしいね、僕が聞いた噂もそのような内容だった。ならなぜ君はそんな気まずい招待に応じたのかな？」

「っ……そ、れは」

言葉に詰まったクリフォードに、アルヴィンは微笑んでみせる。

「上流階級はゴシップを嫌う。マクラミン氏は裕福で有名ではあるけれども、未来の伯爵が来るほどではない。無視したっていいはずだ。醜聞に巻き込まれる可能性があるにもかかわらずここへ来た理由は？」

問いかけられたクリフォードは、表情が変わるほどうろたえていた。隠し事があるとありありとわかる表情だ。

逡巡していたクリフォードだったが、アルヴィンがカップの紅茶を飲もうとすると目の色を変えた。

「アルヴィンッ、それはっ……」

アルヴィンはその制止に一瞬手を止めたが、やんわりとした表情で言った。

「これは僕が持ってきた茶葉だし、さすがに水にまで警戒しなくても大丈夫だよ。君も飲むかい？　今ならおいしいキャロットケーキかショートブレッドも付くよ」

そのままアルヴィンがお茶を飲んで見せるその動作に、一体どんな意味があるのだろうとローザは思った。けれど、アルヴィンの様子を観察したクリフォードは、顔は険しいもの納得して引き下がったのだ。

「……ともかく私は、貴族の一員として招待に応じたまでだ。君は私と無関係だ。邪魔だけはするな」

「そう言われても、詳しいことを教えてもらわないとなんとも言えないな。僕は仕事のために来ているからね」

アルヴィンの返事は求めていたものではなかったのだろう。クリフォードはいらだつように眉を寄せる。

「失礼する。……君も、屋敷内では気をつけなさい。一人にならないように」

ローザは面食らう。まさか自分にまで、話しかけられると思わなかった。

上流階級にとって、従業員――使用人は置物のような存在だ。たとえ、親しく話した過去があっても、アルヴィンの付属品と捉えられていてもおかしくないと考えていた。

だが、今彼は、アルヴィンのついでではあっても、ローザを気づかうような言葉をかけてくれる。

「あの、はい」

ローザが戸惑いがちに答えると、背筋を伸ばしたクリフォードは部屋を出て行った。

まるで嵐のような来訪にローザが呆然としていると、アルヴィンに呼ばれた。

「ローザ、こちらにおいで。ひとまず休憩しよう」

手招きされるまま椅子に座ると、アルヴィンは紅茶のカップを差し出してくれた。ローザは礼を言いつつ手に取ったのだが、カップがもう一客あるのに気がついた。

そういえば、先ほどアルヴィンはクリフォードに茶を勧めていたが……。

「アルヴィンさん、ホーウィック卿を本当にお茶に誘うおつもりだったのですか」

「そうだよ。ずいぶんあの子は動揺していたようだから、一息ついたほうが良いと思ってね。それに、クレアのキャロットケーキとショートブレッドはきっとあの子も好きな味だから、食べさせてあげようかと思ったんだ。まあ今回もだめだったけれどね」

「おそらく、ホーウィック卿には全然伝わっていないと思います」

一般的に考えて、あのタイミングで茶を勧めるのはからかっているようにしか見えなかっただろう。アルヴィンも自覚があったのか困った色を見せた。

「先に警戒させてしまったしね。まあ、しかたがないかな」

アルヴィンは包みから取り出したキャロットケーキを皿代わりの紙ナプキンに一つ載せるとローザに勧めてくる。その姿に、クリフォードがこの屋敷に居たことを驚くそぶりはみじんもない。

「アルヴィンさんは、ホーウィック卿がここにいらっしゃることにあまり驚かれていないのですね」

「うん。あるかもしれないとは思っていたよ」

あっさりと肯定したアルヴィンを、ローザは困惑のまま見返すと、彼も似たような表情を浮かべていた。

「さあ、君も気になると思うけれど、休んだらまずはシエナ・マクラミンに挨拶しに行こう。できるなら、くだんの花があるサンルームで、夜にならないうちに会っておきたい」

「会ってくださるでしょうか」

ローザが超然とした近寄りがたいシエナの姿を思い出していると、アルヴィンはティーカップを置くと荷物の一つを見た。

「あの絵もあるし、僕は運がいいから、きっと必要なら会ってくれるはずだ」

その言葉が耳に届いたときに、また扉がノックされる。

今度はアルヴィンが出て行くと、そこには屋敷のメイドが待っていたのだった。

身支度を整えたローザ達はメイドに案内されて、展示室として使われている長い廊下を通っていく。そこには美術品と言うべき絵画や調度品がいくつも並んでいた。

異国調の華やかな工芸品や、金彩が施された飾り壺。壮麗な石像、おどろおどろしさのある仮面や甲冑などが並んでいる。しかしきらびやかではあるが、ごてごてと詰め込まれているせいか、ローザは威圧を感じた。

そうしてたどり着いたのは、母屋の一角にあるサンルームだった。

メイドと別れ、一歩中へ入ると春のような暖かさに包まれる。天井は高くしっかりとした枠と、硝子をふんだんに使い、ドーム状に造られていた。室内には様々な植物が育てられており、みずみずしい葉を広げている。ローザが知る植物もあれば、見慣れないものもかなりある。外が真冬だとは思えないほど鮮やかな花が咲き、大きな葉が茂っている。菜園としても使われているらしく、隅にはキュウリの蔓が絡められた支柱があったり、トマトが植えられていたりもしている。

これを維持するのにどれほどの手間とお金がかかっているのだろうと、ローザはその途方もなさにめまいがする。

同時に、どこか閉塞感と息苦しさを覚えた。

なんとなく居心地が悪く感じて周囲を見回したローザは、ふと一角にもうけられた鉢植えに、あのボタニカルアートで見た花を見つけた。水彩画そのままの鮮やかなオレンジと黒の花弁を広げている。見応えのある、美しい花だった。

花の向こうに、設えられた瀟洒なカウチにゆったりと座るシエナ・マクラミンがいた。先ほど見た通り、どこか現実味のない妖艶な女性である。先ほどとはまた違う橙色のドレスに着替えており、胸元が見えるか見えないかくらいのドレスは、見るからに上等そうでしどけない。腰や腹部の柔らかさからコルセットを着けていないのはわかったが、それでも腰の華奢さが見て取れる。

茫洋とした眼差しを周囲の植物に向けていたシエナは、アルヴィンとローザが現れるとこちらを見る。気位が高く下々のものになど興味を持たない素っ気ない態度だ。

ようやく、ゆっくりと彼女を見ることができたローザは、その瞳の言いしれぬ暗さに、ぞくりと震えた。

瞳の色が暗いというわけではない。店で見たときよりもずっと深く感情が凝っている。ローザにもなんと言い表せば良いかわからず見つめていると、彼女が唇を開いた。

「どうぞ、座って」

「ありがとう、忙しい中時間を取ってくれたこともね」

アルヴィンは朗らかな笑みを浮かべて、シエナのカウチの前にある一人がけの椅子に座る。ローザもまた、手の荷物を気にしつつ、アルヴィンの隣にある椅子へ腰を下ろした。

サンルームをしんとした静寂が支配する。重苦しく張り詰めたものを感じながらも、ローザはシエナを観察した。このサンルームは、ウォルターがリャナンシーと過ごした場所なのは間違いない。けれど、彼が話してくれた暖かさや優しさなどはなく、眼前のシエナもウォルターの印象とは全く違う。もちろん、ローザが店で出会った女性とも。

そんな中、シエナが口を開いた。

「あなた達には、招待した皆様を楽しませることを期待しています。けれど、初めてこちらに来た方には、この屋敷で守るべき決まりごとを話すことにしているの」

「ふうん、決まりごとかい」

「お互いに過度な干渉はしないこと。この屋敷で起きたことは外に漏らさないこと。この屋敷では欲望に身を任せること。これさえ守れば、なにをしても許されますわ」

「守れなかった場合は？」

興味深そうにアルヴィンが問うと、あらかじめ決められたことを語っているようだったシエナの言葉が初めて止まる。ローザは彼女の感情の波紋が揺れるのを感じた。

シエナはゆっくりと脚を組み、アルヴィンを見据えた。

「わたくしの夫が許さないでしょう。このフレッチャーホールは夫の城ですから」

「そう、その夫というのがマクラミン氏だね。あなたよりかなり年上と聞いたけれど……彼は今この屋敷に？」

彼女の脅し同然の声音に気がつかないわけではないだろうに、アルヴィンは平然と問いを続ける。シエナはかすかにいぶかしげな色を混じらせながらも答えた。

「夫は……仕事が忙しいもので、最終日になりますわ。いつもはわたくしだけでもてなすのだけれど、今回はどうしても会いたい方が居るとかで、久々に参加するはずです」

「そう。明後日なんだね」

ローザはアルヴィンが含むようにつぶやいた言葉が引っかかる。

シエナも同じだったようで眉を顰めた。

「……なにか」

「そろそろ本題に入ろうかと思ってね。ローザ、荷物を広げて」

「はい」

淡い微笑のままアルヴィンに願われて、ローザは丁寧に包みをほどいて前にあるテーブルに載せる。シエナからは反応はなかったが、アルヴィンは気にしなかった。

「まず先日は青薔薇骨董店に来店ありがとう。持ち込まれたボタニカルアートは、とても興味深かったよ。特に中央の花は画家のウォルターには、新種のポピーと説明したそうだね。あそこに同じ花が咲いている」

シエナは「ウォルター」と名を出したときに、ぴくりと眉を動かした。

だが、それ以上は反応せず、気のないそぶりでうなずく。

「ええ、その通りだけれど」

「とてもきれいな花だよね。あの種はあるかな？　もらって育てたいのだけど」

希薄だったシエナが硬直する。本当にかすかな躊躇（ちゅうちょ）だったが、じっと彼女を見つめていたアルヴィンは、確信したように目を細めた。

「視線が揺れたね。動揺の反応だ。やはり、このボタニカルアートに描かれているのはポピーではない。ケシ……アヘンの原料になる花だ」

ローザはぎょっとしてアルヴィンを見た。

アヘンがなにかは知っていた。思い出すのは、貧民街に住んでいた頃近所にいた、稼いだお金をすべてアヘンにつぎ込んでしまう男のことだ。アヘンさえやっていれば頭が冴えて仕事ができる、とうそぶく彼は、明らかに不健康なのに本人だけがそう思っていないのが異様に感じた覚えがある。彼は結局、アヘンを買うお金のために罪を犯して捕まった。

昔は薬だったと言われても、ローザはその恐ろしさを身近に見て知っていた。

この美しく鮮やかな橙色と黒の花がアヘンの原料とはにわかには信じられないが、アルヴィンが不確かなことを言うとも思えない。

どのような反応をするのだろうとローザはシエナを見つめていたのだが、シエナは先ほどの動揺を見事に消す。そして悠然と小首をかしげてみせた。

「珍しい花を育てることは、立派な趣味ですわ。主人のマクラミンは様々な国を飛び回る職業をしておりました。ケシの花はその戦利品と聞いているわ。美しい花を育てることは、禁じられていないもの」

「そうだね。けれど、あなたがわざわざアヘンの花を描かせた理由は説明がつかないな」

アルヴィンもまた簡単には引き下がらず、銀灰の瞳はシエナの反応を一つも見逃すまいとばかりに見据えている。

シエナは表面上は今までと変わらないように思えた。けれどローザはかすかに彼女の雰囲気が変わったような気がした。強いて言うのであれば、期待のような色に思える。

なにに対してなのか、ローザの中で形になる前にアルヴィンの詰問が続く。

「それに君が出入り禁止にしたウォルターの仲介だったのに、僕達を招いてくれたことも疑問の一つだ」

「妖精の専門家とうかがいましたし、あなた自身も美しい容姿で有名でしたから。わたくしのお友達に尋ねたら、知っている方がいましたわ。この屋敷に招く者は皆さんの意見も参考にしていますの。まさかこんなに詮索好きな方とは思いませんでしたけれど」

シエナの揶揄（やゆ）をアルヴィンはするりと受け流し素直な驚きを示す。

「おや、そうなのかい。けれど君の機嫌を損ねたというウォルターの紹介である僕らを招くのはやはり不自然ではないかな？　だからね、彼が僕の店に来たのはあくまで偶然で、君が僕のことを聞いたとしても、もっと前、絵画を持ち込む店をいくつか選定していたときのはずだ」

シエナが来店したのは偶然ではなく店を選んでいた、と語るアルヴィンにローザは驚きながらも続きを待つ。

「事実、ルーフェン内の画廊や絵画を扱う店に話を聞いたら、上等なドレスを着た中上流階級以上の女性が、一人で真新しいボタニカルアートを持ち込んできたと証言した。持ち込まれた店の共通点はあまり規模が大きくなく、けれどかなり裕福な人々も出入りするような店だ。青薔薇骨董店もこの特徴に当てはまるね」

ローザは最近アルヴィンの外出が多かったのが、複数の画廊へ話を聞きに行っていたからなのだと理解した。

一呼吸を入れたアルヴィンは、ボタニカルアートへ目を滑らせる。

「ボタニカルアートには作者のサインのほかに、このフレッチャーホールの名前が書かれている。少しでも社交界に縁があれば、そうでなくとも探偵に依頼すれば、フレッチャーホールの所有者が誰かはわかる。花期ではないのにあえて描かせたロベリアとシャクナゲという取り合わせも意味深だ。だから、君が絵画を持ち込んだのは、画廊か店でこの絵を見た客に、なにかを気づいて欲しかったからではないか、と僕は考えた。それは一体なんだったのだろうか」

「………………」

シエナは無言のまま、醒めた目でアルヴィンを見返している。高慢とも取れる態度も、気のないそぶりも変わらない。

やがて、その色づいた唇が開かれる。

「それで、あなたは、なぜこちらへ？」

アルヴィンはその質問が予想外だったのか、不思議そうに瞬いた後、いつもの朗らかな笑みで言った。

「僕は妖精学者だからね。ひとかけらの神秘を信じて、リャナンシーに会いに来たんだ」

アルヴィンは本物の妖精に出会える可能性があれば、その存在を解き明かすまでは興味を持ち続ける。彼は純粋に、個人的に来た理由を尋ねられたと言葉通りに受け止めて、そう答えたのだろう。

だがその瞬間、シエナは深くため息をついた。同時に彼女の興味が急速に薄れていきローザは驚く。最後に読み取ったのは落胆だ。それすら美しい顔の奥に押し込められ固く閉ざされる。

なぜと思う間にも、静謐な瞳を伏せたシエナは、すいと上品な所作で立ち上がった。

軽く目を見開くアルヴィンには目を合わせず、シエナは冷めた声音で告げた。

「ならば、今夜はシガールームに来ると良いでしょう。わたくしは来る者は拒みません。リャナンシーは求める者に等しく霊感を与えますから」

「そう？　なら今夜うかがわせてもらうけれど」

アルヴィンは戸惑うばかりだったが、ローザには今のシエナの言葉は明らかな拒絶だと理解できた。

わずかにでも感じられていた彼女の興味すら、消えてしまった。

一体なにが原因だったのか。

サンルームを出て行こうとしていたシエナは途中で立ち止まると、横顔だけこちらに向ける。目が合ったのはローザだ。

「……ただ、あなたは遠慮しなさい。晩餐会はかまいませんが、その後はだめです。たとえ従業員だとしても、子供は早く寝るべきだわ」

ローザは背が低く小柄なため、よく十四、五の子供に間違われることが多い。いつものことだったので、ローザは反射的に訂正しようとした。

「あの、わたしは」

「――もちろんだよ、彼女は優秀な従業員だけれど、年齢通りの分別は守らせる」

えっ、と驚いてローザはアルヴィンを見るが、その前にシエナの声が素っ気なく響く。

「なら良いでしょう。あなたの働きを期待しています」

そうしてシエナが橙色のドレスを揺らして去っていくのを見送った後、ローザは傍らのアルヴィンを見上げる。いつもなら、ローザよりもずっと熱心にローザの年齢を訂正する。

その彼が、誤解を促すようにあえて言葉を濁した。

アルヴィンは一つ息を吐いた後、申し訳なさそうな顔をした。

「訂正しなくてごめんね」

「いえ、それはかまわないのですが……」

「それにしても、シエナ・マクラミンから言質は取れなかったけれど、確信に近いものは得られたな」

ローザは驚きに目を見開く。なにがわかったのか、勢い込んで聞こうとしたが、アルヴィンに先を越された。

「ひとまず部屋に帰ってから、夜まで仕事に付き合ってくれるかな。今日の夜の会を見たら話せるだろうからね」

「……はい」

アルヴィンは変わらない。シエナの態度も、なにかが引っかかる。

けれど、ローザはとん、と突き放されたような気がして、受け入れるしかなかった。

三章　リャナンシーにさよならを

その夜、ローザは晩餐会の後、一人で部屋に戻った。

暖炉にくべられた石炭が燃えており、室内は暖かく保たれている。ローザはランプをサイドテーブルに置くと、ディナードレスのまま窓際に置かれた椅子に座り込んだ。

ディナードレスといっても、スカートはそのまま、ボディスだけ胸元が少し開いていて袖は手首が見えるほど短いものに着替えたのだ。荷物をなるべく減らし、充分場に合った装いにできるよう、ミシェルが工夫してくれた。

ジャケットが替わると、華やかな印象が強くなり、昼と同じドレスとはわからないだろう。ごちそうは素晴らしく、アルヴィンと確認したマナー通りに食べられた。

けれどももしかしたら、ローザが多少失敗しようとも誰も気づかなかったかもしれない。

ローザはぼんやりと晩餐会を思い返す。招待客はウォルターの言う通り若い人が多く、三十歳のクリフォードでも年齢が高いほうという印象だった。

皆品良く食事をしていたが、会話はどこかよそよそしく、気もそぞろだった。

ローザが彼らに感じたのは後ろめたさと、期待だ。なるべくお互いに親しくなりたくない、という気配すら感じた。その中で主催者であるシエナは淡々とナイフとフォークを使い、アルヴィンはいつも通りの振る舞いをしていた。クリフォードもだ。

ただ、場の雰囲気が少し変わったのは食後酒のときだ。

『食後酒ですが、リャナンシーのお酒も用意しておりますの。いかがなさいますか』

シエナに問われると、招待客は次々に手を挙げたのだ。

ある淑女は即座に、ある青年はためらいがちに。感情に温度差はあっても、彼らに共通していたのは、切迫感だ。切実にそれでなければならない、という。

リャナンシーの話題になったとたん、熱心になる彼らにローザは驚いた。

使用人が運んできたワゴンにあるのは、クリスタルのデキャンタに入ったシェリー酒だ。蠟燭の明かりで、シェリー酒は少し濁って見えた。

その中で、クリフォードだけはシェリー酒を断り、ワインのボトルを頼んだ。さらに、目の前でコルクを開けさせてすらいた。

お酒はだめだと言われていた通り、ローザはその様子を横目に見ながら中座したから、それ以降なにがあったかはわからない。

だが、ほかの招待客は用意されていたワインやブランデーなどには見向きもせず、「リャナンシーのお酒」と呼ばれていたシェリー酒を求めていた。

「あれが、リャナンシーなのでしょうか」

ぽつり、とつぶやいても答えはない。

窓から滑り込んできたひんやりとした冷気が、ローザの肌と頬を撫でていく。晩餐会の熱が少なからずローザにも残っていた。

ふと窓の外を見ると、真っ暗な夜の帳が降りた遠くに、ちかちかと明かりが見えるような気がした。どこかで誰かが夜歩きをしているのかもしれない。

窓に頬を寄せると、冷気で皮膚が冷えていく。それでも、頭の中のもやもやを取り払うことはできなかった。

ローザの胸には、アルヴィンの心の形を初めて見たときのような苦しさが揺蕩っていた。

原因はわかっている。彼が今、なにを考えているのか、見当がつかないからだ。

もちろんローザより明晰な彼は、様々なことを考慮して動いているのだろう。

けれど、日中のシエナはアルヴィンに問い詰められた結果こちらに興味をなくしてしまった。あの後ローザ達も招待客達の相手をする必要があり、アルヴィンに説明を求められずに夜を迎えていた。

ここでなにが起きているのか、なにが起ころうとしているのか。そんな漠然とした不安にさいなまれる。

……いいや、それだけではない。ローザはアルヴィンに対して焦燥のようなもどかしさを感じている。

ローザはアルヴィンの心のすべてがわかるわけではない。当然だ、他人なのだから。

けれどシエナと対峙したアルヴィンは、淡々と詰問し彼女を断罪しようとしているように思えた。ローザはシエナが悪人ではないと思いたいのに自信が持てず、言動の意図が見えないアルヴィンに、先が見えない真っ暗な道を進むような心許なさに襲われていた。

彼を信じたいのに、自分のもやもやとした想いの正体すら摑めなかった。

「アルヴィンさんは、今なにを考えて動いていらっしゃるのでしょうか」

良い方向に動いていると、信じて、良いのだろうか。

置いて行かれてしまったような心細さに、ローザは目をつぶる。

こんこん、とノックが響いた。完全に気を抜いていたローザは驚いて肩が震え、一気に鼓動が速くなっていく。

この屋敷はローザにとって見知らぬ土地だ。信頼できるのはアルヴィンだけの中、誰かわからない夜の訪問者に応じるのは、かなり危険を伴うことをよく知っている。かつて貧民街のハマースミスで暮らしていた頃に見聞きした事件が脳裏をよぎった。

だが、ここは上流階級の屋敷であり、一応ローザは客として招かれている。

どうしたものかとためらったが、訪問者が誰かを確かめるべきではあるだろうと思い、扉のそばにそっと寄る。

「あの……どなたでしょうか」

「アルヴィン、いるのだろう」

扉の向こう側に声をかけかけたとき、聞き覚えのある声に驚いた。

返事をする前に扉が開かれる。そこに立っていたのは、上等な正装を身に纏ったクリフォードだったのだ。

明かりは持っておらず、ローザの部屋からこぼれる明かりで、彼の金髪が柔らかく輝いている。いつも見る通り、気位の高そうな表情で立っていた彼は、前に向けていた視線をゆっくり下ろすと、不思議そうにした。

「……アルヴィンではない？」

ローザは言葉の意味が一瞬汲み取れなかったが、彼がアルヴィンの部屋と自分の部屋を勘違いしたのだと思い至る。これだけ暗く、明かりも持っていなければ、目的の部屋を間違えるのもしかたがない。

「こちらはわたしの部屋で、アルヴィンさんは隣の部屋です。ホーウィック卿はシガールームへはいらっしゃらなかったのですか」

てっきりクリフォードがこの屋敷への招待に応じた理由は、リャナンシーに会うためだと考えていたので、当然彼もシガールームへ行くものだと思い込んでいた。

そこでローザは彼の様子が奇妙なことに気づく。どことなく反応が鈍いような。

クリフォードは考えるように沈黙した後、こう言ったのだ。

「では、君と話す」

「えっ、あっあの、わたしですか……!?」

なにを言われたのかわからず、ローザが動揺しているうちにクリフォードは一歩踏み込んできた。そのまま、すたすたと部屋の中へ入ってきたのだ。

彼は窓辺にある椅子に座ると、扉の前に立ち尽くしたままのローザをいぶかしげに見て言った。

「どうしたんだ。早く座りなさい。話がしにくい」

男性と二人きり、というのは抵抗があったが、クリフォードの話が気になりもした。

逡巡(しゅんじゅん)したローザは扉を少しだけ開けたままにして、おそるおそるクリフォードの向かいにある椅子へ腰を下ろす。

眼前に座るクリフォードは、まるで自分の部屋のようにゆったりとくつろいでいた。

この佇(たたず)まいはアルヴィンによく似ているな、とローザは思ったが、彼の無遠慮な観察の視線が突き刺さり縮こまる。

「本当に、君は労働者階級(ワーキングクラス)だったとは思えないほど美しいな」

「はい!?」

素っ頓狂な声を上げてしまい、ローザは羞恥に顔を赤らめたが、クリフォードは自分の言葉に納得するようにうなずいた。

「先ほどの晩餐会も驚くほどきちんと作法を守っていた。アルヴィンが教えたのか」

所作のことかと理解したローザは、どきどきする胸を押さえたいのをこらえ答える。

「今回のために、アルヴィンさんと作法の確認はいたしましたが、もともとは亡くなった母から教わりました」

「なるほど。母上の教えが良かったのだな。言葉も、私達と変わらない発音をしているから、初対面で君を令嬢と思い込んだのも無理はなかった。君を従業員と気づくほうが難しいし、晩餐会にいた者達も全員君の出自はわからなかっただろう。その上で骨董店の助手としての職務もきちんと果たしていたのだから、聡明なのだろうな。勤め始めてようやく半年なのだろう？　ドレスも良い趣味をしている」

「えっと、あの、ありがとうございます……？」

顔色を変えずに滔々と褒められたローザは、驚きを通り越しあっけにとられていた。

今のクリフォードは、アルヴィンと会話しているときの険悪で高圧的な印象などみじんもなかった。

ローザがそれ以上どう返していいかわからないでいると、彼の眉間にしわが寄る。

「女性と話すときは、まず相手の良いところを褒めればなんとかなるのだが、違ったか」

「あの、お言葉は嬉しいのですが、それこそわたしはホーウィック卿とは身分が違います。そこまでお気を遣われずともかまいません」

そう答えると、クリフォードは一瞬眉を寄せた。気分を害してしまったかとローザはひやりとしたが、彼がゆっくりとうなずいたことでほっとした。

「ならば、本題に入ろう。アルヴィンはこの屋敷に本当に妖精が出ると考えているのか。わざわざ君まで連れてきて……」

最後は非難の声色が混じっていて、ローザは戸惑った。

「ホーウィック卿は、わたしのことを心配してくださっているのですか」

「当然だろう。本来ならここは、君のようなきちんとした娘が来るような場ではない」

あまりに当たり前に肯定されて、ローザは目を丸くするしかなかった。

上流階級という存在がよくわからなかったし、ずっと近寄りがたさを感じていた。けれどこの気づかう言葉は確かにローザに向けられたものである。

驚きの中でローザは、時計を盗まれそうになった彼を助けたときに、不器用ながらローザを気づかってくれたことを思い出した。そうだ、彼はそういう人だった。

階級という枠に囚われすぎて、目が曇りかけていたことをローザは自覚する。

ただ彼はまたアルヴィンを誤解している。

「なにか気になることでも？」

「その、アルヴィンさんは少なくとも、妖精のリャナンシーが出るとは考えていません」

いぶかしげなクリフォードに急いで言いつのると、彼は驚いた表情をする。

「なぜそう思う？　あの人は妖精のことになると、他を忘れるほどのめり込むだろう？」

「確かにおっしゃる通りですが、今回の件を話すとき、アルヴィンさんの声の調子と目の輝きは、これまでの妖精関連の調査にくらべると殆どはしゃいでいませんでした」

「はしゃいで……？」

面食らったように繰り返すクリフォードは、明らかに詳しい説明を求めていた。

「わたしとしては、そう表現するのが一番近いのです。アルヴィンさんはいつも微笑んでいらっしゃいますが、本物の妖精がいると考えておられるときには好奇心に似た執着とも言える色があります。けれど今はありません。なにか別のことに思い悩まれているようでした」

言葉にして、ローザは己の中にある違和が形になった気がした。

アルヴィンは妖精を調べに来たと言いながら、調査にためらいがある。そしてローザを必要だと言って連れてきたのに、調査の外側に置いている。

そもそもアルヴィンの言動の意図が摑めないのは、いつものことだ。

むしろ、本当に自分は彼の役に立てるのか。このままなにも聞かずに信じて待っているだけで良いのか不安になったのだ。それがもやもやの正体だった。

ローザが納得する一方、クリフォードは気が抜けたように肩を落とした。

「君のほうが、あの人のことをよく知っているようだな」

当てこすりにも聞こえたが、仕草と表情は確かに安堵（あんど）を示していた。ローザはふと、先日彼が青薔薇骨董店（ブルーローズアンティーク）に来たときに見せた表情を思い出す。

彼の顔には、悔しさと、なぜか寂しさともどかしさがあった。アルヴィンに対しあれだけ当たりがきつかったのだから、寂しさなど気のせいだと頭の隅に追いやっていたが。

もしかして——と考えたところで、ローザの中にためらいが生まれる。

聞いて、どうするのだ。他人の事情に首を突っ込むのは失礼極まりない行為だし、普通なら相手を不愉快にさせるものだ。

けれど、ローザは覚えている。クリフォードについて話していたアルヴィンの態度を。

そして、クリフォード自身が言った言葉をだ。

己の気持ちをもう一度確かめる。

過度に踏み込まないことで、相手を気づかう意図はもちろんあった。けれど相手に拒絶されたり、自分が傷ついたりするのが怖くて、踏みとどまることで安心を選んでもいた。

クリフォードは貴族階級で、様々な人がローザに「あの人は自分達とは違うから」と言い聞かせた。その通りだと思い込み、労働者階級だった自分とは考え方が違う人だからと、彼を理解することを諦め距離を置こうとした。

けれど、ローザは初めて出会ったとき確かに彼と想いを共有したのだ。

親しい身内を亡くすのは、悲しい。

属する階級が違っていても感じた想いは同じで、クリフォードは、母を亡くしたローザを労(いたわ)ってくれた。……そして、ローザが労働者階級だと知った後もローザを気づかう態度は変わらなかった。

もしかしたら、一歩踏み出せば変わるかもしれない。

すっと背筋を伸ばしたローザは、クリフォードをしっかりと見据えた。

「ぶしつけなことをお伺いいたしますが、どうぞお許しください。ホーウィック卿は、アルヴィンさんを心配していらっしゃいます、よね」

ローザにとって、その質問は確認に近かった。

クリフォードが目を鋭くすがめる。不愉快に感じたとも取れる表情だったが、ローザには彼が動揺したとわかった。

「心配など、していない。私はグレイ伯爵家の家名を守るために、あの男を監視しなければならん立場なのだから」

案の定クリフォードは否定してきたが、ローザは怯(ひる)まない。今は少しだけアルヴィンの真似(まね)をしてみようと、彼の行動を一つずつ思い出しながら反論する。

「けれど、紅茶を届けるのも、ティールームの調査依頼も、ご自分でいらっしゃる必要はございませんでした。本当に嫌っていらっしゃるのでしたら、従者に頼めば良かったはずです」

「それは、彼がグレイ家の名誉を穢さぬように……」

「確かに名誉も大事になさっておられるでしょう。ですが、アルヴィンさんにもホーウィック卿と同じ立場でいて欲しい、と望まれているように感じました。なにより、アルヴィンさんに『ホーウィック卿』と呼ばれるたびに辛そうなお顔をしていらっしゃいます」

はっきりと動揺の色を見せるクリフォードに、ローザは少しだけ、卑怯な方法をとる。

「……亡くなった母は、最期までわたしの心配をしておりました」

否定をしようとしていたクリフォードは、ローザの告白に息を呑み、口を閉ざす。

狙いが当たり、ローザは安堵する。母の死を悲しむローザを気づかってくれた彼ならば、きっと話を聞いてくれるだろうと思った。

ほんの少し記憶の蓋をずらすだけで、感情は鮮やかに蘇る。こみ上げてくる熱いものをぐっとこらえて、ローザは続けた。

「流行り病にかかって、母はわたしよりも早く自分の死期を悟っていたのだと思います。母は一人でわたしを育ててくれましたから、わたしを残して逝くのがとても心配だったのでしょうね。一人で生きていけるように、今まで教えてくれたことを確認してきました」

母は熱でもうろうとしながら、ローザに自分が教えたことを一つ一つ問いかけてきた。

「お茶会の作法は？」「きちんとした場でお食事するときの約束事は覚えている？」「立ち振る舞いにも気を付けなさい」「お手紙の書き方を忘れないようにするのよ」

　ローザには、日を追うごとに衰弱していく母が、自分がいなくなった後のことを想定しているのが耐えられなかった。だからたった一人の肉親を失う恐怖と悲しみのあまり、強い言葉で拒否してしまったのだ。

「『やめて！』と言ってすぐ、わたしはとても後悔しました。母は口を閉ざして傷ついた顔をしておりました。寂しさともどかしさと、あふれそうなほどの心配を宿して。ホーウィック卿がアルヴィンさんに忠告をなさるときの表情は、あのときの母と重なります」

　クリフォードは絶句したままローザを見返す。

　そう、彼の表情は亡き母が宿していた感情そのままで、だから放っておけなかった。

「君は、母君と仲違いをしたまま……」

「いいえ、そのときすぐに謝りました。それからどうして拒否をしたのか、ちゃんと伝えました。自分がいなくなった後のことを考えている母が嫌で、寂しくて、悲しい。母を失うことが辛くて怖い、と。その後、母と抱きしめ合いながら泣けて、本当に良かったと思います」

　ローザが想いをぶつけると、気丈だった母は「私だって嫌よ」と涙と共に本心をこぼしてくれた。その姿に悲しみが深くなると同時に、母も同じ気持ちなのだと安堵を覚えた。

「けれど、謝るまでのほんの数瞬の間が、とても苦しかったことを覚えています。口を閉ざしてしまいかけるほど。でも、あのときわたしが謝れず、本当の気持ちを伝えられなければ、母は悔恨にさいなまれながら亡くなり、わたしも一生後悔していたでしょう。できて良かったとほっとすると同時に、後で気づいて恐ろしくなりました」

母は本当に、最期の最期までローザを心配していた。ほんの少しでも安心して逝ってくれたのか、今も自信がない。けれど、あそこで謝れなければ、取り返しのつかないことになっていたかもしれないのだ。想像するだけで、身震いするほど恐ろしい。

こみ上げる涙をこらえて、ローザはクリフォードへ訴えた。

「ホーウィック卿、見なかった振りをしても、間に合わなくなったときには、一生背負わなければならない重荷になります。だからわたしは、あなたにお聞きします。――本当は、アルヴィンさんのこと、お嫌いではありませんよね」

沈黙が降りる。室内には、暖炉の石炭が燃える音だけが響いている。

クリフォードは、うつむいた額に両手を当てると、深々と息を吐いた。

その仕草は、今まで殆ど取り乱さなかった彼の動揺を感じさせた。それでもクリフォードは自分の髪をくしゃくしゃにしたり、ローザを罵ってごまかしたりはしない。

「私を嫌っているのは、あの人のほうだろう……」

力なくつぶやき両手を下ろした彼は、途方に暮れた顔をしていた。

これまでも、彼の感情が読みづらいところや、褒めるときは言葉を尽くすところなど、アルヴィンと印象が重なって不思議な気分だった。

今はっきりと、クリフォードはアルヴィンとそっくりだと感じた。似ているようで違うのは、彼のほうが雄弁に感情を表すことだ。

クリフォードはローザに焦点を合わせると、その双眸に羨望に似た色を浮かべる。

「あの人は、君達を名前で呼ぶのに、私のことは爵位で呼ぶ。昔のように愛称で呼ばなくなったのは、私のことを見限ったからだ。まあ、それも当然だ。なにせ先に私があの人を拒絶したのだから」

「拒絶、ですか」

問いかけてから、ローザは以前アルヴィンから聞いた話を思い出した。

『「名前で呼ぶな。気持ち悪い」と言われたんだ。それ以降は礼儀にかなった呼び方をしている』

クリフォードは縋るように自分の両手指を絡めながら、首を横に振った。

「いいや、私があのとき拒絶しなかったとしても、以前のように慕うのは無理だろう。本来なら兄さんが持つべき物を私が奪ってしまったのだから」

アルヴィンのことを、「兄さん」と呼んだ。

ローザはすでにアルヴィンから、複雑な事情を話してもらっている。

年下に見えるアルヴィンが、本来ならクリフォードにとって「兄」だとは、到底信じられることではない。常識から逸脱した兄弟関係を信じてもらえるはずがないと、当事者であるクリフォードが最も承知しているはずだ。実際、彼は徹底してアルヴィンを「他人」として扱っていた。たとえ問われたとしても、アルヴィンが「兄」だと認めないはずだ。それなのに、自分で口にした。今、ローザはクリフォードの心の奥を見ているのだ。

　彼は羞恥や屈辱など、複雑な感情に頬を赤く染めながら続けた。

「幼い頃はずっと兄さんの後をついて回っていた。おやつの時間に分けてくれたショートブレッドは宝物をもらったようだった。ミルクティーに浸すとおいしいと教えてくれたことは、まるで特別な秘密を共有したみたいで誇らしかったな。私は聡明でなんでもできて使用人達からも慕われていた兄さんが大好きだった。なのに、突然居なくなったのだ。まるで妖精に攫われたように、忽然とだ」

　彼が口にした「妖精」という単語には、憎悪に近い怒りと恐怖が宿っていた。

「それでも、いつか帰ってくると信じていた。父が『アルヴィンは死んだ』と言って私を後継者として扱い始めたときは反発したさ。だが、自分が当時の兄の年齢と同じになり、超えていき、一人で誕生日を祝われることを繰り返していくうちに、兄が帰ってくることはないと、諦めた」

　ローザは、小さなクリフォードが誕生日を迎える光景を想像する。貴族の誕生会がどんなものかはわからないけれど、きっとケーキとごちそうが並ぶ中、プレゼントをもらい多くの人に祝われるのだろう。

だが、自分が主役の幸せな時間の中で、彼は兄が居ないことに落胆し続けていたのだ。

「パブリックスクールに入った後は、せめて兄の代わりになれるように努力した。ショートブレッドも兄を思い出すから遠ざけて、ようやく兄が居ないことに慣れた頃に……兄さんは七年前に消えたときと変わらない姿で帰ってきたんだ」

すう、と夜の冷気が忍び寄る。

クリフォードの声音ににじむ生々しい恐れだ。

「私が兄が帰ってきたと知ったのは、パブリックスクールに突然父から帰宅しろという手紙が届いたときだ。出席態度が成績を左右すると父は重々承知しているはずなのに、不思議に思った。実家に戻ると人目を避けるように連れていかれたのが子供部屋だ。掃除も行き届いていないそこに閉じ込められていたのが、十二歳のままの姿をした兄さんだった」

幼いアルヴィンが閉じ込められていたと知り、ローザはひゅっと息を呑む。

浮かない表情のまま、クリフォードは続けた。

「驚いて、混乱して、最後に覚えたのは義憤だったよ。その子供は、銀髪になっている以外は記憶のままの兄の姿をしていた。もし、兄に似ているだけの子供だったとしても、一人で閉じ込めておくなんて人道に反すると父に抗議しようと決意したくらいだ。ともかく帰ってきてくれて嬉しいと、私は伝えて抱きしめたんだ。だがね、彼はほんの少し首をかしげて、こう言った。『君はもしかしてクリフかな。どうして泣いているんだい』と。彼は、私が泣いて喜んでいるのに、ぴくりとも表情を動かしていなかった。彼の硝子のような瞳に恐怖する私の顔が映っていたのを、よく覚えているよ」

クリフォードは、己の両手を固く握り合わせていた。まるで、震えをこらえるように。

「自分が七年間も行方不明になっていて、周囲が大人になっていたら、普通の子供なら怯えたり、動揺したりするはずだ。だが幼い兄さんは、喜びも、悲しみも、怯えも、怒りすら感じていないようだった。母上にどんなに詰られても、父上に『お前を死んだことにする』と言い渡されたときすら、彼は表情一つ変えなかった。そこに、私が知っている兄さんの影はどこにもなかった。だから、私は兄は死んで兄の姿をした別の化け物……そう、妖精になって帰ってきたのだとすら思った」

ローザはアルヴィンの異質さを改めて目の当たりにしたようだった。アルヴィンの実家での扱いに対する違和が、かちりと塡まる。彼が、あまりにも人間らしい感情が欠落していたから、彼らは忌避したのだ。

アルヴィンの異質さを生々しく味わっただろうクリフォードは、苦痛に顔を歪めた。

「なのに、こんなに変わり果てていても『クリフ』と呼びかけられた一瞬だけは、以前の兄さんのように思えた。だからその呼びかけに答えてしまったら、自分が覚えている優しい兄が本当に死んで、この化け物に塗りつぶされてしまうのではないかとすら思ったよ。もう、わけがわからなくて、私は……『名前で呼ぶな。気持ち悪い』と拒絶してしまったんだ。そして、私はパブリックスクールに戻った。……ああ、私は間違いなく逃げたんだ」

クリフォードの悲痛な声は、まるで罪を告白するようにかすれていた。

ローザは、ローザの母の死を悼んでくれたときのクリフォードの言葉を思い出す。

『ああ、以前兄を、な。亡くしたようなものなのだ。今もまだ、呑み下せていない』

あれは、アルヴィンが別人のようになって戻って来た、という意味だったのだ。

慕っていたはずのクリフォードが拒絶してしまうほど。

「ホーウィック卿……」

痛ましさのあまりローザが思わず呼びかけると、彼の顔は泣きそうに歪んだ。

「それは私が持つべき名ではない、んだ。兄さんから奪い取ってしまった……。あの人に爵位で呼ばれるたびに、責められているように感じられて、どう接して良いのかわからなくなる。あの日のことを謝りたいのに、あの人が気味悪いと感じる自分がいるんだ」

この人は、ずっと自分を責めて生きてきたのだ。ローザはすれ違ってしまった二人に胸が痛む。

人知を超えた理不尽な現象に遭遇して、幸福が壊されてしまった。

憎悪できる対象があれば良かったのだろう。けれどなにが起きたかはわからず、唯一確かなのは変わり果てた被害者（アルヴィン）だけ。アルヴィンは、疑心と悲痛な感情に晒（さら）されてこれまで生きてきたのだ。

ぶつけてしまった言葉は戻らない。ローザより年を重ねているクリフォードはそれを重々承知しているからこそ、一歩を踏み出せないでいた。

まだ若いローザが、根深い想いを抱える彼に、かけられる言葉などあるだろうか。

『君を望んで産んだのだと解釈しても良いのではないかな』

アルヴィンの声が、耳に蘇る。銀灰の瞳をためらうように細めて、けれどはっきりと伝えてくれたこと。

『あなたの目は、隠さなければだめ』

母が死の間際に残した言葉は、母がローザの青い瞳を忌避した負の記憶として、永劫背負っていくはずだった。けれど、アルヴィンが様々な手がかりから解き明かしてくれたことで、母が確かにローザを望んで産んでくれて、深く愛してくれたのだという真実を知れたのだ。

当時のアルヴィンは、縁が切れたと思っていたにもかかわらず、解き明かした真実を伝えるためだけに、ローザの元へ訪ねて来てくれた。それを知ったときの言葉にならないほどの感謝は忘れていない。

クリフォードもまた、罪の意識を抱え、大事な人と深い溝ができてしまっている。

すれ違う彼らのために、自分になにかできることはないだろうか。

深くうなだれていたクリフォードは、おもむろに顔を上げ、沈んだ瞳をローザに向けた。

「なぜ君は、あの人と普通に話せるんだ。共に過ごして、恐ろしさや異質さを感じて気味悪く思わないのか。どうしたら、君のようにまたお茶を淹れてもらえる？　それとも、もう私はあの人に贖罪すら許されないのか……」

わからない。アルヴィンの心はローザも推し量ることが難しい。

けれど、クリフォードにかけられる言葉がひとつだけあった。

「アルヴィンさんは、贖罪など求めていらっしゃいませんよ」

それだけは確信できた。だが、クリフォードは子供のように首を横に振る。

「嘘だ……」

「嘘ではございません、それに、嫌われてもおりません。だって今日のお昼だって、アルヴィンさんはホーウィック卿をお茶に誘えなくて、残念そうでしたから」

ランプの明かりで光るクリフォードの潤んだ瞳に、怯えに似た諦めの中に希望の光が灯ったように感じられた。

「あれは、当てこすりではなく……？」

「違います。純粋に、ホーウィック卿を労ろうとされていらしたのです。あの子はショートブレッドが好きだから、食べさせてやりたかった、と。……そのようなことを言う人が、嫌っていると、思われますか？」

伝わるようにと願いながら、ローザは一つずつ丁寧に言葉を紡いでいく。

するとクリフォードは気が抜けたように、ふわりと笑った。

「そうか、兄さんは私をみすてていないのか」

その笑みは、普段の近寄りがたい印象からは想像できないほどあどけなく、端整な顔立ちが際立ち、とても魅力的に映った。

なにより、アルヴィンの笑い方にそっくりで、ローザは思わず顔を赤らめる。

クリフォードはなにかを思い出したようにふらりと立ち上がる。

「どうかなさいましたか？」

「あのひとがリャナンシーをすう前にとめなければ……」

リャナンシーを「吸う」とはどういう意味だろうか？

耳慣れない言い回しにローザが戸惑っている間にも、クリフォードは扉へと歩き出す。

その足取りがおぼつかず不安定なのを見て取り、ローザも彼を追いかけたところで、クリフォードの体が大きくかしいだ。

ローザが駆け寄る前に、扉を開けた誰かがその体を受け止める。

それはアルヴィンだった。銀髪の長い髪を丁寧に撫で付け、シックな細いリボンでまとめている。タキシード姿の彼はいつにも増して現実味がないほど美しかったが、その表情は硬く引き締まって見えた。

なぜ彼がここに、と思いつつもローザは二人に近づくと、アルヴィンの腕に抱かれたクリフォードの顔を覗き込む。

そして、先ほどから予感していたことが確信に変わった。

彼は案の定、赤い顔をして目を閉じていた。妙に饒舌だったし、最後にはろれつが回っていないように感じられたのは、彼が酔っていたからなのだ。

少なくとも気分の悪そうな様子は見られず、安堵したローザはアルヴィンを見た。

「アルヴィンさん。受け止めてくださってありがとうございます。どうしてこちらに？」

「君の部屋の扉が少し開いていたから、なにかあったのかと思って。彼が君のところに来ていたとは思わなかった。なにかされていない？」

言われてローザは念のため、すぐに逃げ出せるよう扉を開けていたことを思い出す。アルヴィンの表情が硬かったのは、ローザを心配してくれたからなのだ。

気づいてくれたことにほんのりと嬉しくなりながら、安心させるために微笑んだ。

「大丈夫です、話をしていただけですよ。ずいぶん酔っていらっしゃったので、起きて記憶がどれほど残っていらっしゃるかはわかりませんが……」

ローザが言うと、アルヴィンはぱちぱちと目を瞬くと、なぜかクリフォードの口元を嗅いだ。驚いたがアルヴィンの表情はとても真剣だった。

「確かにワインの匂いしかしない。そう、あの場でワインを頼んだのは知っていたけれど、あれで酔っただけなのか。リャナンシーには触れていないようで良かった」

　声音が心の底から安堵しているように感じられて、ローザは質問する覚悟を決めた。

「この屋敷でのリャナンシーとは、一体なんなのですか？　わたしはアルヴィンさんのお役に立つためにここへ来ましたのに、知らされないままでは、なにもできません」

　彼の反応を見逃すまいとしっかりと見据える。ローザの青い瞳に金の輝きが混じるのを見て、アルヴィンは眉尻を下げた。

「もしかして、怒っているのだろうか。僕に悪いところがあったかな」

「いいえ、今回はわたしも遠慮してどこまで踏み込んでも大丈夫か、はかりかねていた部分がございました。……ですがそのように尋ねてくださるということは、アルヴィンさんも少なからず悪いとお考えの部分があるのでしょうか？」

「おそらくそうではないかな、という部分はある。僕も確信が持てなくて、どうローザに説明して良いのかわからなかったから、証拠を集めていた。詳しく言えなくてごめんね」

　神妙、という言葉がぴったりなほどしょんぼりと肩を落として謝罪されてしまった。

　気が抜けつつも、ローザはアルヴィンに確認した。

「今は、わかりましたか」

「うん。君にこの屋敷でのリャナンシーを見せよう」

　答えたアルヴィンは、抱えられたままぐっすりと眠るクリフォードを見て、少し表情を和らげた。

「ひとまずは、クリフを部屋に送ってからにしようか。従者くん、きっと心配しているだろうから」

「わかりました、ではわたしが抱えますね」

「え、でも彼はかなりおおき……」

アルヴィンが言い終える前に、ローザはクリフォードの脇に潜り込むと、えいやっと背負う。彼は完全に弛緩しているために持ちづらいが、感触からして問題なく歩けそうだ。

よし、とローザがアルヴィンを見ると彼は目を丸くしていた。

「引っ越してきたときも思っていたけれど……ローザはとっても力持ちなんだね」

「はい。それに宴会の後に酔いつぶれた人を外に追い出す役割はそこそこしていたので、持つのも慣れておりますよ。酔っ払った人はぐんにゃりしていて、持ちづらいですしね。よろしければ、扉を開けていただけますか？」

「う、うん」

戸惑った様子のアルヴィンが開いてくれた扉をくぐり、ローザはそのまま運び始めた。

＊

クリフォードを彼の部屋に送った後、ローザはアルヴィンと暗い廊下を歩いていく。

足下はアルヴィンが持つランプの明かりだけが頼りだ。外気と変わらないほど冷え込んでいて、ケープを持ってきて正解だったと、ローザはぼんやりと考えた。

心臓は今にも飛び出しそうなほど鼓動を打っている。

すでに使用人も眠りについているのだろう。あたりはしんと静まりかえっている。

廊下の突き当たりでアルヴィンが壁際を探ると、壁だと思っていた部分が独りでに開いた。向こう側に広がるのは、これまでとは比べものにならないほど狭くて質素な廊下だ。

「使用人用に造られた通路だよ。使用人が行き来する姿を見るのを嫌う家主が、主要な部屋に繋がるように内部に張り巡らせることがあるんだ。この通路を使えば、表の廊下に出ないで移動できるというわけ。使用人だけしか使わないから、狭いものだし、出入り口もこの扉のように壁に溶け込むように造られている」

「どうして、このような場所をご存じなのですか？」

「シガールームをこっそり見られる場所がないかと思って、日中に探していたら、部屋の広さと壁の厚みが合わないことに気づいたんだ。まあここは、使用人が入っていくのを見つけたから、運が良いとも言うね」

アルヴィンは言いつつ、ランプを片手にさらに奥へと進んでいく。

通路は部屋の形状に合わせて曲がりくねっていて、ローザは次第にどこを歩いているのかわからなくなっていく。

アルヴィンが急に止まったことで、ローザはうっかり背中に額をぶつけかけた。

謝罪の言葉を口にしかけたが、振り向いた彼がしっと唇に指を当てたため黙る。アルヴィンは懐から取り出したハンカチをローザに差し出すと、耳元でささやいた。

「鼻に当てておいて。いい、なにを見ても、声だけは出さないようにしてね」

アルヴィンの吐息が耳に触れ、別の意味で緊張した。けれど、その声に含まれるまじめな色に、ローザは言われた通りハンカチで鼻を覆いこくりとうなずく。

彼はランプの明かりを絞ると、壁にある把手(とって)をそっと引いた。

開けられた扉の隙間から、むっと鼻につくような匂いが忍び込んできて、ローザの鼻孔を突き刺す。苦いような甘酸っぱいような形容しがたい香りだ。ハンカチがなければ、おそらくえずいていただろう。

細く開けられた扉の向こうを見たとき、ローザはなにが行われているのかはじめはよくわからなかった。

室内はほの暗く、煙が充満していて視界は良くない。それでも目をこらすと、中は意外に広々としている。異国調の瀟洒(しょうしゃ)な調度品で飾られ、そこかしこに配置された座面がゆったりとした長椅子に、人が横たわっていた。あの晩餐会(ばんさんかい)に居た招待客の令息令嬢達だ。

傍らのテーブルには、晩餐会で見た少し濁ったシェリー酒が入ったデキャンタとグラスが置かれているが、飲みながら談笑しているのはごく少数だ。

男性も女性も問わず枕に頭を預けており、枕元に置かれた器具から伸びるキセルのようなものを口にくわえて、煙を吐き出している。眼差しは皆一様に虚ろだ。

時折けたけたと乾いた笑い声が上がるが、彼らは異様な声にも一切無関心だった。

異様な光景にローザが混乱していると、長椅子に横たわった青年が声を上げた。

「ああ……ああ……こんなことをしていたらだめだ、父上にも家にも迷惑をかけてしまう……だめだ……やめなくては、いけ……」

なんとか身を起こして立ち上がろうとする彼だったが、暗がりから使用人とも違う雰囲気の男達が現れ、押さえつけられる。

青年が暴れようとするのも意に介さず、男達は外に連れ出そうとしたが、それを止めたのはシエナだった。

晩餐会で見た胸元の大きく開いた妖艶なドレスのままでいる彼女は、男達へ落ち着いた声で話しかけた。

「乱暴にしないで。彼が怪我(けが)をしたら困るのはあなた達よ」

「ミスター・マクラミンに逆らうおつもりですか」

男の一人がとがめるのに、シエナは小さく息を吐く。

「……リャナンシーを用意して差し上げて」

男達はその命令に、青年を乱暴に投げ出す。

ここで行われているのは、悪いことだ。ローザは耳にまで響いてくる心臓の音を聞きながらも、部屋の中で起きる出来事から目が離せなかった。

再び長椅子に戻された青年は、顔に恐怖を張り付かせている。シエナは彼の手をそっと握り安心させるように甲を撫でた。

「さあ、落ち着いて。ここに居れば、恐ろしくないわ。あなたはなにをしに来たの」

「リャ、ナンシーが、切れてしまった……から、いたくて苦しくて……いやだ、でも……もう……」

「大丈夫よ、リャナンシーはここにあるの。あなたが望めばいくらでも忘れさせてくれるわ。それに、もう遅いのよ。あなたがここに居るから、すでにあなたの家は、わたくしの夫によく協力してくれている」

優しい声音とは裏腹に、シエナの表情からはなんの感情も読み取れない。

だが青年はその言葉で絶望に染まる。

「貴様が居なければこんなことにはならなかったのに！　マクラミンに従う貴様こそがリャナンシーだ！　悪辣な毒婦め！」

悲鳴のような罵詈雑言をぶつけられても、シエナは冷めた眼差しで睥睨するだけだった。

「言いたいことは、それだけ？」

暴れようとした青年は男達によってたちまち押さえ付けられ、男の一人が手にした注射器の針が青年の腕に突き刺される。

なにかを体内に注入された青年は、あれだけ興奮していたにもかかわらず、たちまち目がうつろになり、無気力に長椅子へ横たわった。

ローザの口に苦いものがたまる。頭がくらくらする。

男達が持ち場に戻る中、シエナは青年を見下ろす。赤みがかった茶色の髪がほつれた陰から見える表情は、さげすんでいるようにも哀れんでいるようにも見えた。

この場を取り仕切っているのは彼女だ。

けれど――……ローザはその背に声をかけたくてたまらなくなった。

呼びかけて彼女を引き戻したい。

シエナがふと、顔を上げこちらを向こうとした。

彼女と視線が合いかけた瞬間、扉が閉められた。

アルヴィンに手を引かれるまま、独特の甘酸っぱい匂いが遠のくまで、来た道を戻る。

使用人用の隠し扉を抜け、表の空間に戻り、アルヴィンの部屋にたどり着き扉を閉めたところで、ようやく彼は止まった。

「たぶん、ここまで来れば大丈夫だと思う。ローザ、気分は悪くない？　ハンカチはもう外しても大丈夫だよ」

言われて、ローザはまだ自分がハンカチを鼻に当てたままだと気づいた。外して、深々と息を吸うと、夜の冷気が肺の奥まで洗い流していくようだった。

それでも、今見てきた光景が頭から離れない。

ローザは静かにこちらを見ているアルヴィンに訴えた。

「あれは一体、なんなのですか……」

「この屋敷で行われているハウス・パーティは、上流階級の令息令嬢が、密かにアヘンを楽しむために集まる場……いわゆるアヘン窟なんだ。そしてアヘンがこの屋敷で出会えるリャナンシーの正体なんだよ」

頭が理解したくないと訴えている。ローザは体の震えを両手を握り合わせてこらえ、必死に思考を巡らせる。晩餐のときにもリャナンシーという単語が出ていた。アルヴィンが、クリフォードが酔いつぶれているのを気にしてもいた。

「もしかして、シェリー酒にもアヘンが入っていたのですか」

「うん、そうだと思う。僕がクリフォードを確認したのは、彼がアヘンを吸った、あるいは飲んだのではないかと考えたからだ」

アルヴィンは、驚いたように軽く目を見張りながらも続けた。

「ケシから採取されるアヘンは、古くから霊感を得る目的や神々との交感のためをはじめ、薬としても利用されてきた。今も医療現場では鎮痛剤として、アヘンから精製されたモルヒネが使われている。けれどアヘンには強烈な中毒性があり、芸術家がその創造性を高めるために溺れた例は枚挙に暇がない。ただ、ねえ……その中毒性と引き替えにもたらされる快楽は、お金になるんだ」

アルヴィンの微笑みはどこか冷ややかだった。

「今でこそ、アヘンの輸入は禁止されたけれど、禁じられたからこそ求める者が後を絶たない。イーストエンドのアヘン窟がなくならないことからも証明されている。この屋敷には、アヘン窟には行きづらい上流階級の人々が、通ってきているんだ」

「どうして、アヘンがリャナンシーと呼ばれているのでしょうか」

「リャナンシーは、精気……命と引き替えに霊感を与えると話したことは覚えているかな。アヘンも快楽を与える代わりに命を削る。だから、アヘンの符丁とされたんだ。クリフもリャナンシーの正体を知って、なにかしらの思惑を持って乗り込んだのだろうね」

ローザはこくりとつばを飲み込んだ。アルヴィンの様子がおかしかったのもよくわかる。これは、妖精の名を借りた犯罪だ。しかもかなり組織的な。おそらくアルヴィンはローザを同行させるのをためらったあたりから、気づいていたのだろう。

「それで、これからの話だ」

動揺で立ち尽くすローザに、アルヴィンは申し訳なさそうな色を浮かべつつも続けた。

「僕達がこの屋敷に来たのは、ウォルターが出会ったリャナンシーの正体を探るためだ。

だから、このことは無視をしていい」

ロ－ザは先ほど、屈強な男達に押さえつけられた青年を思い出す。彼はあの場から抜け出そうとして連れ戻されたように見えた。

「ですがあの方々は、本当に望んであの場にいらっしゃるのでしょうか……いえ、わたしもお酒に溺れた人がどれほどお酒を手離せなくなるかは知っておりますし、アヘン中毒になった人も見たことがあります。けれど、なんというか、おかしい感じがして」

「その印象は間違っていないと思うよ。あの場に居る人達は、はじめはアヘンと知らずに飲まされて、中毒者に仕立てられてこの屋敷に来るしかなくなっているんだ」

思いもしなかった事実にローザが驚くと、アルヴィンは淡々と話してくれる。

「まずはアヘンを混入したシェリー酒で摂取させて、気分が良くなったところで吸引を勧めるなど段階を踏み、それがアヘンだと気づいたときには依存症に陥っている。アヘンは禁断症状で倦怠感を始め、筋肉の激痛や悪寒、嘔吐に襲われ、最後には錯乱するんだ。イーストエンドのアヘン窟へ行くことさえ思いつかない彼らは、いけないことだとわかっていてもこのフレッチャーホールのリャナンシーに会いに来るしかない」

「そんなっ……なんのためにそのようなことを」

「あの場に居る人達の実家を脅すと、マクラミン氏にとって都合が良いから、だよ」

あまりに理不尽な仕打ちにローザは絶句する。禁止されたものを利用して、悪意を持って組織的に利益を上げるなど、理解の範疇を超えていた。

だが、これは放ってはおいてはだめだ。ローザがとっさにそう考えていると、アルヴィンに覗き込まれる。ローザの心情を推し量るように見つめた彼は、ふんわりと苦笑した。

「君に聞かなくてもわかるね。これはだめなことだ。僕もこのままにはしたくない」

アルヴィンが珍しく言い切ったことに驚きつつも、ローザは力を込めてうなずいた。

「はい。――それにわたしは、マクラミン夫人がどうして絵画を青薔薇骨董店に持ち込んだのか気になります」

様々なことがわかってきたが、それだけが謎のままなのである。

「アルヴィンさんは、マクラミン夫人について、どのようにお考えなのでしょうか」

「彼女が絵を持ち込んだ理由、という意味なら、正直わからない、かな」

困ったように微笑んだアルヴィンは、水差しからグラスに注いだ水を飲みながら、腰をチェストに預けた。

「彼女はこの屋敷の女主人だ。暗がりで表情はよく見えなかったけれど、先ほどの会を見ても、主導して客にリャナンシーを摂取させているように見えた。用心棒みたいな男達は彼女の夫、マクラミン氏の部下のようだから、彼がこの会の主催者のようだけど……ケシの花を描かせたボタニカルアートを、画廊や僕の店へわざと記憶に残る形で持ち込んだ理由の説明がつかないんだ」

アルヴィンは、グラスを置くと、指先をあごに当てて考え込む。

「シエナ・マクラミンの素性は調べたよ。男爵家の次女で倍以上年上のマクラミン氏に嫁いだ。彼女の実家は困窮していて、婿であるマクラミン氏が援助という形でかなりの金額を送っている。その感謝の印として、男爵家の領地にあるこのカントリーハウスを贈られたようだね」

ローザはその話でレプラコーンの宝箱を開けて欲しいと依頼してきた、エミリーの境遇を思い出す。

エミリーもまた、家が困窮していたから、身分は違うが裕福な銀行家に嫁いだという。彼女は長く連れ添う中で幸福になったが、一般的には幸せになれるのは稀らしい。

「シエナは夫に従い利益のために動いている可能性が高い。けれど、あの絵はフレッチャーホールにアヘンがある、という暗示なのは間違いない。だからあの絵を外部に持ち出した彼女の意図が理解できなかった。アヘンの存在が公になったら、共謀しているマクラミン氏もろとも、無傷ではいられないからね。彼女に直接意図を聞けば、話してくれるかもしれないと思ったのだけど……彼女の反応は黙秘だった」

顔を上げたアルヴィンにいつもの微笑はなかった。ただローザの反応をひとつも見逃さないとでもいうように、冬の湖のような静かな瞳で見つめている。

「だからこれは、心のない僕ではわからないことだと思った。ローザになら、なにかわかるかい？」

アルヴィンの怖いほどひたむきな問いかけに、ローザは返答をためらう自分を感じた。

その問いかけは、純粋な疑問だ。けれど彼はきっと、ローザの返答次第で今後どう動くかを決めるのだろう。

彼の心を信じると、自分は言った。自分の答えが、今の彼の心を表すことになる。

間違えていたらどうしよう。そもそもアルヴィンのように推理などできないのに、答えても良いのか。

自信が持てなくなり、ローザはうつむいて肩を落とす。

スカートを握る自分にかすかに影がかかる。眉をハの字にした彼が覗き込んできた。

「青ざめて、顔が強ばっているね。君に、負担をかけてしまっただろうか。先ほどまで恐怖の表情をしていたのに。僕の質問は君にとって、さらに重く苦しませるものだったようだね。僕が君を追い詰めてしまっているのなら、無理強いはしないよ」

じんとローザの心に染み渡る。苦しい気持ちはその通りだ。けれど、それは……。

ローザは胸に手を当てて、アルヴィンを見上げた。

「……いいえ、苦しいのは本当ですけど、苦しくとも、導き出したいのです。あの方をリャナンシーの場から連れ出してしまいたいと、わたしは感じましたから」

「どうして、そう思ったのかな？」

アルヴィンが軽く目を見張る中、ローザは目を閉じ、己が出会ったシエナという女性を……その瞳にある暗さを思い出す。

「あの方の瞳や態度をどこかで見たことがあると、ずっと思っていました。あれは、周囲に信じてもらうことを諦めた、絶望です」

シエナは美しい服を纏(まと)い、なに不自由ない生活をしているはずの裕福な人で、だからすぐに思い至らなかった。

けれど、ローザはよく、知っている。

ローザは青薔薇骨董店に来る前は、ハマースミスの貧民街に住んでいた。

あの街で自分の言葉使いや所作は、住んでいた人々と違っていて、彼らに倦厭(けんえん)され疎外され、心ない言葉を投げられた。

「高くとまってやがる」「お貴族様気取りかよ」「鼻につくぜ」「馬鹿にしてんのか」

はじめはローザも誤解を解こうとしていた。

違います。母から教わって、お姫様みたいで素敵だから、そうなりたくて。馬鹿にするつもりはございませんでした。信じてください。

けれど、言葉は届かず、非難も激しくなり、次第にローザはただうつむいてやり過ごすようになった。意味もなく謝り、それすらぎこちなくなって、諦めた。

『マクラミンに従う貴様こそがリャナンシーだ！　悪辣な毒婦め！』

そう招待客に罵られたときのシエナの慣れた受け流し方を見て、気づいたのだ。

苦しく出口のない暗闇から抜け出せず、深い悲しみに溺れて身動きが取れなくなる。

理不尽は、すぐそばに転がっていて、立ち向かおうとしても相手は強大で、押しつぶされてしまった。相手からの決めつけを否定しても無意味だと受け入れるしかなかった。

そう、抵抗するより、諦めるほうが楽なのだ。

アルヴィンがふむ、とうなずく。

「絶望……なるほど。日中の彼女も、僕が『リャナンシーに会うのを楽しみにしている』と言った瞬間落胆の反応に変わった」

「そうなのです、彼女はなにかを期待していましたが、その瞬間心の扉を閉めてしまわれました。けれど、逆に言うのでしたら、それまでは信じてもらおうとしていたのです」

そのことに気づいたローザは、ぎゅうと胸が痛んだ。

ローザは青薔薇骨董店に来たシエナの様子を覚えている。

絵を持ち込んだときの彼女は思い詰めていた。恐怖を宿し不安に怯(おび)えながらも、きっとわずかな勇気をかき集めて行動していた。

諦めた後に、もう一度、勇気を振り絞るには大変な力が必要だ。

たった一歩踏み出すだけでも恐怖で一杯になる。

青薔薇骨董店にはじめて来たとき、ローザは不審な目を向けてくる客の視線に耐えられず、バックヤードに逃げ込んだ。その後、なんとか接客ができるようになったのは、アルヴィンが助けてくれたからだが、それでも慣れるのに時間がかかった。

だが、シエナは誰の手も借りず、ひとりで行動を起こした。

大きな勇気が必要だったはずなのに、ローザ達は彼女の想いを掬い損ねたのだ。

悔やむのはあとだ。ローザは青の瞳でアルヴィンを見つめる。

「マクラミン夫人は、ご自分の気持ちをお話しするのを恐れていらっしゃいます。信じて貰うことを諦めながらも、わたし達になにかを伝えようとされていました。わたしは、その想いを見つけ出したいのです」

「そう。ならば彼女は日中なぜ、僕達に絶望して口を閉ざしてしまったのだろうか」

アルヴィンのその疑問の答えを、ローザは先ほどのクリフォードとの会話から得ていた。

「アルヴィンさんの言葉を、誤解なさったのではないでしょうか」

「誤解、かい?」

ローザの答えに、アルヴィンは不思議そうに問い返す。

「はい、たとえ言葉を交わしていたとしても、相手によってその言葉が持つ意味は違います。アルヴィンさんにとって『リャナンシー』がただの妖精だったとしても、この屋敷でのリャナンシーはアヘンだったように。本当の意図が伝わらなかったのです」

あのときシエナになにをしに来たかと問われて、アルヴィンはこう答えた。

『僕は妖精学者だからね。ひとかけらの神秘を信じて、リャナンシーに会いに来たんだ』
アルヴィンの性質を知るローザは、言葉通り本物の妖精に会いたいのだとわかる。
しかし、この屋敷がアヘン窟だと知っているシエナにとっては意味は大きく変わるのだ。
アルヴィンはローザのつたない説明でも思い至ったようだ。
「そうか、僕が『リャナンシーに会いに来た』と言ったのをアヘンを楽しみたい。または
それに類する言動だと彼女は受け止めた？」
「おそらくそうです。けれど、ここが来訪者をアヘン漬けにする場だったとしたら、わた
しやフィッチさんにもアヘンを勧めないのは変です。だからそこに彼女本来の心があると、
わたしは思います」
ローザは部屋を見回して絵の入った箱を持ち出すと、テーブルに広げる。
描かれているのは、夕日のような橙色のケシと、ロベリアと、シャクナゲだ。
シエナは、わざわざこの花を指定して描かせた。なにか理由があったはずだ。必死に考
える。彼女は自分が窮地に陥る可能性を知りながら、わざわざ絵にケシを描かせた。手紙
のように明記はできないもの。けれど絵画か、描かれている花について知識があれば紐解
けるものだ。この絵の花には、シエナの想いが託されている。
――花に想いを託す。そこまで考えて、ローザは母が教えてくれたことを思い出した。
『花には、様々な意味が込められているわ。その中には良い意味も、悪い意味も託されて

いるの。だから……』

「マクラミン夫人はこの絵を通して、伝えたいことがあったのではないでしょうか？」

「僕が見落としたことがある？　……いや、違うな、僕では彼女が込めた意図の通り解釈ができなかったということか」

アルヴィンが納得したようにつぶやくのに、ローザはうなずいた。

ローザはこの屋敷で見た、妖艶で冷淡で悪意の中心にいた彼女と、ウォルターが話してくれた彼女の印象、そして青薔薇骨董店で話したときの印象を思い返した。

サンルームでシエナは冷ややかな態度を装っていたが、行動だけを見れば、なにも知らないローザをアヘンから遠ざけようとしていた。

青薔薇骨董店に現れた彼女が、自分の身よりも、ローザを案じてくれたように。

これは、自分にとっても試練だと、ローザは思った。アルヴィンに意見をすることで、決定的になにかが変わる。責任の重さを感じた。

それでも、とローザはまぶたの裏に浮かぶ彼女を思い出す。

初めて出会ったときは、冷たくて近寄りがたく感じた。けれど、それはローザに先入観があったせいだ。シエナは豊かに暮らす美しい人で、ローザとは正反対だったから、憂いなどないだろうと思い込んだ。だからすぐにわからなかった。

本来の彼女に触れて、そして彼女が置かれている環境を知った今は、少し前までの自分と印象が驚くほど重なる。

ローザには多くの助けてくれる人が居た。けれどシエナには、誰も居ない。

救いを求めたくとも声を受け止めてもらえない絶望を知っている自分が、彼女を見過ごしたくなかった。うつむいて縮こまるしかなかった半年前の自分を、見捨てるようなものだと思った。手を差し伸べるのなら、自分だ。

「アルヴィンさんに助けていただいたように、わたしはあの方の助けになりたい」

アルヴィンがローザを青薔薇(ブルーローズ)と称して尊重してくれたように。絶望に暗く淀(よど)んだ瞳に、少しでも光をもたらしたい。

決意を込めて胸に置いた手を握る。

きっと、他人から見れば、推し量れない妖精のように神秘的で、捉えどころのないアルヴィンを、ローザはまっすぐ見上げた。

「明日、鑑定の結果をもう一度お話しさせてください」

青に金の輝きを宿したローザを前に、アルヴィンはまぶしげに目を細めた。

＊

シエナ・マクラミンは、今日も夫に命じられて招いた客達の面倒を見る。

リャナンシーに囚われ、マクラミンの言いなりになるしかない哀れな人々の相手をしている間は平穏だ。

ただ、あまり吸わせすぎると衰弱して、帰すのも一苦労だ。だから夫の部下を言いくるめて、昼間はアヘン窟を開かないで済ませている。

――もう、あのときのような光景は見たくない。

だから、シエナは進んでシガールームの管理をしていた。招待客達は、シエナがマクラミンと同じように自分達を食い物にしていると考えているだろうが、かまわなかった。理解されないことには慣れている。

ハウス・パーティ中は、招待客が過剰に摂取して苦しまぬよう、彼らに異変がないか、注意深く見守るのがシエナの役割だ。

けれど、今回は少し違った。

「ホワイトさん、妖精がそのようにいたずら好きだとは知らなかったな」

「そうかい？　ならこの地方で有名な別の妖精の話をしようか。そうだな、美しい少女をその背に乗せて連れ去ってしまう妖馬……ケルピーなんてどうだろう」

「まあ馬の妖精もおりますの？」

明るい居間では、銀細工のような艶のある銀髪をうなじで束ねた美しい青年、アルヴィンが妖精の話を滔々と語り聞かせている。おとぎ話でしかないにもかかわらず、その華麗な語り口に招待客達は男女問わず聞き入っている。

骨董店の店主は身分ある人々を相手にすることも多いため、マナーや所作が洗練されているのはわかる。

それを考慮しても、アルヴィンの立ち振る舞いは完全に貴族のそれだった。招待客達の殆ど(ほとん)は、彼が骨董店の店主だということすら忘れているだろう。

おかげでシエナは普段よりすることがない。そういえば、あれほどリャナンシーに会うのを楽しみにしていた様子だったのに、彼はついぞシガールームに現れなかった。

彼はすでにここがアヘン窟だと知っているはずだ。ならば、今夜はシガールームに招き、強制的に中毒者にしてでも口封じをしなければならない。

シエナが隅の椅子に座りぼんやりと彼らを眺めていると、人の気配を感じた。

顔を上げると、立っていたのはきれいに結い上げた黒髪と、美しい青の瞳をした少女だった。柔らかなレモン色の表地に水色のフリルがあしらわれたドレスを着ており、そこかしこが小さく人形のように可愛(かわい)らしい。

今妖精の話を披露しているアルヴィンの店、青薔薇骨董店の従業員だ。確かローザと呼ばれていた。

初めて名前を知ったとき、華やかな薔薇(ばら)より、もっと可愛らしい花の名前のほうが似合いそうなのに、と考えたことを覚えている。

そう、かつての友人に雰囲気が似ていたから、余計に。

こみ上げてくる苦いものを抑え込んでいるうちに、ローザが話しかけてきた。

「マクラミン夫人。二人きりで少々お話しできないでしょうか?」

骨董店らしくないといえば従業員の彼女もそうだった。店番をする姿を見ていなければ、その立ち振る舞いと言葉使いから上流階級の令嬢だと思っていたはずだ。

こんな場所には、場違いな少女。

彼女の顔色は良かった。シエナが見慣れたアヘンに侵された者特有の緩慢さや暗さは見られない。

だが話をしたい、という意図がわからずシエナは困惑した。

周囲を見渡すと、招待客達はアルヴィンの話に聞き入っている。夫の部下は近くまで来ている夫を迎えに行っており、この場には居ない。

「わかりましたわ」

強いて断る理由もないので承諾し、ローザに導かれるままに立ち上がった。

彼女に連れてこられたのは、サンルームだった。シエナが唯一くつろげる憩いの場だ。

なぜここに、と思ったところで、ローザが止まる。

今も毒々しい橙色の花を咲かせるケシの前だった。このサンルームがシエナの好む場だと知って、マクラミンがわざわざ植えていった、シエナの罪の象徴だ。

今でも目の前にすると苦しくなる。それをやり過ごしていたシエナは、ローザが振り返るなり頭を下げたことに、反応するのが遅れた。

「まずは謝罪をさせてください。昨日の店主の無礼と、偽りを申し上げたことを」

なんだ、そのようなことか、とシエナは肩の力を抜いた。顔には出していないつもりだったが、少し硬い表情になったことに気づいていたのだろう。

だがシエナにとっては大したことではない。諦めるのには慣れている。ただ、心当たりがないこともあった。

「偽り、というのは？」

「店主はわたしを子供と誤解させましたが、わたしはすでに十八になっております」

顔を上げたローザは、晴天のような青の瞳で、ひたりとシエナを見上げる。

どうして気がつかなかったのか。

すっと背筋を伸ばし、指を前で軽く重ねた佇まいは、はっとするほど美しい。面立ちには聡明さがあり、幼さなどみじんもない。もう彼女が子供だとは思えなかった。

「シエナ様、あえてシエナ様と呼びかけることをお許しください。わたしはあなた様からお預かりした絵画の鑑定結果をお伝えに参りました」

息を呑んでいたシエナは、ローザの言葉で我に返る。己の顔が強ばるを感じた。

その話は昨日で終わったはずだった。今回もちゃんと諦めて整理をつけたばかりなのに、今度は彼女が蒸し返すのか。シエナ、と彼女に呼ばれるその響きに、懐かしさと心地よさを感じたことには蓋をした。

「たかが従業員が、鑑定をするの？」

シエナはあえて冷たい目でとがめようとしたが、ローザは素直にうなずいた。

「はい、店主から許可を得ました。シエナ様からお預かりした絵はこちらにございます」

昨日話したテーブルの上には、箱に入れられたボタニカルアートがある。

シエナの話を熱心に聞きながら描いていた、木訥な青年の姿を幻視した。

けれど、すぐに振り払う。

彼とシエナはもう無関係なのだ。自分と彼では立場が違うのだ。日の光の下を飛ぶ鳥と、地面を這いずり土にまみれるしかない虫とでは、棲む世界が違うように。

目の前の娘も彼と同じだ。もう手を汚したくない。

ローザの手袋を塡めた手によって、絵が丁寧に出された。

「この絵には、ケシのほかに二つ花が描かれております。わたしはケシの花と共にこの二つの花を描いたことにこそ、意味があるのだと考えました」

小さな指が動き、可憐な青紫の花であるロベリアと、華やかに縮れた花弁がブーケのように集まるシャクナゲを指し示す。

「共に描かれているロベリアとシャクナゲは、美しい花言葉を持ちますが、同時に負の意味も持つ花です。それぞれ〝悪意〟と〝危険〟。これをケシの花と共に描かせたのは、ケシがアヘンの原料で危険なものであると示唆しておりますね」

「ええ、そうね。でもそれが？」

シエナはローザがそこまで把握していることに軽く驚きつつも、簡素に肯定してみせた。そこまで気づいた者は今までもいた。それこそこの三つの花を描いた画家が、話題にしたこともある。だが気づいた者も、「マクラミン氏の奥様らしい気の利いた取り合わせですね」と讃えただけだった。

当然だ、そう受け止められるようにしたのだから。万が一にもマクラミンに本当の意図を気づかれれば、彼はどんな残忍なことをするかわからない。こんなに恐ろしいのに、自分はまだ無意味なことをやめられないでいる。この仕掛けも、いつマクラミンに気づかれてもおかしくない。だから、目の前の一枚で終わらせるつもりだ。

とはいえ、ローザはなぜこの話を持ち出したのだろう。彼女はなんら悪意に染まっていない。きっとこんなたちの悪い冗談をとがめるに違いない。

けれど、大丈夫だ。自分は、理解されないことに慣れている。

小さく息を吐いて、心の殻を被り直したシエナは顔を上げ、鮮烈な青に目を奪われた。

ローザの抜けるように青い瞳には今、月明かりのような金粉が散っているのだ。

青をいっそう華やかに見せる金色に、シエナはあの夜、月明かりに透かして見た紅茶の色を思い出した。透明なカップに注がれた紅茶は、黄金のように輝いて、飲んでしまうのが惜しいほど美しかった。

彼女の眼差しには、一片の怒りも侮蔑も混じっておらず、強い意志だけがある。

「あなたは気づいて欲しかったのではございませんか。この屋敷がアヘン窟だと。そして罪もない方々が餌食になっているのだと」

「……っ」

シエナはとっさに、言葉を返せなかった。心を覆った殻が揺さぶられる。

——ああ、その通りだ。友人のような日向で平穏に暮らす人々を、もうシエナのせいで穢したくなかった。

シエナ・マクラミンはもうずいぶん前から諦めていた。

男爵家の次女に生まれ、出自にふさわしい教育を受けたが、唯一他者と違ったのは、両親が「悪人」だったことだろう。姉とシエナがそうならなかったのは、自分達に付けられた家庭教師が、当たり前の感覚と常識を持っていたからだ。男爵家での「常識」がどれだけ恥ずべきで、外の当たり前との違いを教え込まれた。

貴族は先祖より受け継いだ領地と資産を守り、次代へ伝えていくもの。にもかかわらず、両親は道徳にそぐわぬことを貴族の特権だとうそぶいて、浪費と享楽にふけることを是とし、領地の管理はおざなりにした。

一応、土地を手放すのは家の面目が立たないと思ったらしい。だが、食いつぶした財産を補填する方法として選んだのが、密輸の幇助だったのだからどうしようもない。

彼らは、多額の資金提供の対価として、マクラミンの貿易商社に、先祖代々の土地を密輸物資の倉庫として貸し出した。それだけでなく友好の証しとして、商社のオーナーであるマクラミンにシエナを差し出したのだ。

姉はすでに、実家から脱出して遠方へと嫁いでいたから、差し出せるのはシエナしか居なかったのだ。

それでも、まだ悲観してはいなかった。まともな結婚ができると思っていなかったのもある。マクラミンはシエナより倍以上年上だ。きっとシエナを名ばかりの妻にして、父のように外に作った愛人のもとへ遊びに行くだろう。静かに過ごせればそれで良く、興味を惹かないようおとなしくしていようと考えていた。

今思えば、まだ自分は本当の地獄というものを知らなかったのだ。

結婚して数日後、日中にもかかわらず胸元や手首、足首があらわになった下着のようなドレスを着せられ、マクラミンの友人が集まるというパーティに連れて行かれた。

そしてマクラミンは彼らにシエナをこう紹介したのだ。

「君達の新しい遊び相手だ。この女の両親はたいそうな遊び好きだからな。こいつもあばずれの才能があるはずだ。娼婦よりも上等で手軽だろう」

瞬間、マクラミンの〝友人〟達の目は飢えた獣が弱い獲物を見つけたときのような、愉悦と残虐さを帯びる。

その夜のことは思い出したくもない。いくらシエナが泣きわめき、やめてくれと哀願しても、マクラミンは酒を片手にニヤニヤと笑いながら、〝友人〟達の所行を眺めていた。

翌朝、一人残されたシエナは、ぼろぼろになった体を引きずって、下着のようなドレスを身につけた。惨めさに打ちのめされながら、どうしてという想いでいっぱいだった。

数日後、マクラミンはシエナにタブロイド紙を投げてよこした。

そこには『マクラミン家に嫁いだ貴族の妻は、結婚してすぐにいかがわしいパーティで朝帰りをした。軽薄に自由を楽しんでいる』という論調であのパーティのことが掲載されていた。まるで、シエナが望んであのパーティに行ったように。

事実無根のことが、多くの人間が読む新聞に載っていることがあまりにも衝撃的で、シエナは呆然とマクラミンを見る。

マクラミンは、顔色を失って絶望するシエナを前に、心底楽しげに笑っていた。笑いながら、憎悪を滾らせていた。シエナにはその笑みが悪魔のように思えた。

「貴族様でも、俺達と同じくそだまりの人間になるんだよ。一度汚れちまえば一生こびりついて落ちねえ」

そこで、ようやく気づいたのだ。

マクラミンは貴族に対し異常なほどの憎悪を持っていた。

彼は、その恨みを晴らすために、シエナを徹底的にいたぶるつもりなのだと。

マクラミンは、若く美しい容姿をしたシエナを着飾らせ、自身が手に入れたトロフィーを自慢するように見せびらかした。そうすることで妻を大事にする夫を演出し、その裏で、シエナを徹底的に貶めた。

少しでも拒否するそぶりを見せれば、マクラミンに痛めつけられる。

シエナは自分の身を守るために、マクラミンの〝友人〟達をうまく躱し、付け入る隙を与えないよう必死に考えて振る舞うようになった。

弱く見えたらたちまち嬲られる。まずなにをされても動じないことを覚えた。

侮られそうになったら強い言葉で返すようになった。

強引に脅してこようとすれば、マクラミンの名すら利用した。

マクラミンと少しでも離れているために、招待されるパーティに片っ端から出た。

事実無根だったはずの「パーティで朝帰りをして自由を楽しんでいる」女そのものの行動を取っている自分自身に失望したが、今さらやめられなかった。

実家の悪名がある上、表向きマクラミンに大事にされているシエナを、周囲はもてはやし、裏で悪女と唾棄した。どんなに勘違いされようと、自分を守るには悪女と言われるしかなかった。

それでも、唯一色眼鏡で見ずに友人となってくれた娘が居たのだ。

たとえマクラミンから自分を守るためでも、社交の場が居心地が良いわけではない。針のむしろのようなパーティでは、「男を誑かす悪女」であるシエナを快く思わず、懲らしめようとする者がいる。

その日に出席したパーティでも、事故を装ってドレスに赤ワインを掛けられた。聞こえよがしに嘲りのささやきが行き交う中、シエナは赤いシミが付いたドレスのまま堂々と赤ワインをこぼした相手を見つめた。恥じて足早に去れば、これ以上の辱めが待っているのだ。どんなに傷ついてもうつむけなかった。

そんなシエナの前に現れたのが黒髪の娘だった。

彼女はシエナに赤いシミを隠すようにショールをかけてくれると、休憩室へ連れ出した。生き生きとした瞳で、わざと赤ワインをこぼした女を罵り、シエナを労ってくれた。

シエナが社交界で悪女と陰口を言われていても全く気にしていないようだった。

「なぜって……シエナ様は、こうしてお話ししていても、普通の方でしょう？」

普通、そのように言われたことがなくて、ぽかんとした。

「ええ、わかりました。でしたら、今度お茶をいたしましょう。私がご招待いたします。きっとお酒よりも楽しいですよ」

断らなければならないとどこかで考えていたのに、シエナは誘いにうなずいていた。

そうして過ごしたお茶会は、宝物のような時間だった。

互いに友人と呼び合うようになり、シエナは思い切って自分が受けた仕打ちを彼女に話した。

彼女はシエナの言葉を信じ、嘆き、同情し、怒ってくれた。

離婚は無理でも、せめてマクラミンと別居できないかと一緒に知恵を絞り、寄り添ってくれた。

嬉しかった。すくわれた、と思った。

……──それも、彼女がマクラミンにアヘン漬けにされているのを見るまでだった。

友人からの手紙がこない、と案じていた矢先だった。

マクラミンに連れてこられたフレッチャーホールの豪奢なシガールームで、彼女は長椅子に横たわり、吐瀉物にまみれながら、アヘンを求めて使用人に縋っていた。

マクラミンは、シエナと彼女の行動などとうに知っていたのだ。知っていて、シエナの心を折るために彼女は利用された。

マクラミンはシエナを女の浅知恵とあざ笑ったあと、こう言った。

「お前が気に入ったから、この娘はこうなった。まるでリャナンシーのような毒婦だな」

見初めた人間を寵愛し才能を与える代わりに、精気を奪って死をもたらす魔物、リャナンシー。

その通りだ。シエナと関わったから、友はマクラミンに壊されてしまった。

「よし、決めた。符丁はリャナンシーにしよう。お前がこのアヘン窟の女主人だ。どうせお前は俺に逆らうこともできん気弱でつまらん女だと、誰も気づかん。せいぜい金蔓を引き止めてみせろ」

自分はリャナンシー、人を惑わせ破滅へと導く。

彼女を家族の元に送り届けたときに、罵られた言葉が頭に反響する。

赤みがかった髪は奔放で身勝手な色、女性的な曲線を描いた肢体と大きな瞳は妖艶に男を誘う。きっと父母と同じように悪人の血が流れているのだ。

小さな頃は、おとぎ話のように本当の自分に気づいてくれる人が居ると夢想した。

誰も、シエナ自身に気づく人は居ない。気づいてくれた人はシエナのせいで破滅した。

だから、諦めなくてはいけない。諦めることは、小さな頃から得意だ。

けれど、それでも……――温かで優しい人生を歩めるはずの人達が傷つけられるのは、もう耐えられなかった。

シエナは体が震えかけるのを、腕を組むふりをして抑え込む。

ローザは声を荒らげることはなく、ただ不思議な金と青の瞳でシエナを見据えた。

「この絵が描かれた場所はサインと共に書いてあります。上流階級に縁のある方であれば、屋敷が誰の所有か特定できます。……そう、警察であればなおさら容易でしょう。画廊に持ち込んでも日の目を見る絵はひと握り。多くの絵は倉庫に送られるか、捨てられる。けれど奇妙な絵で、持ち主が絵の鑑定の前に消えてしまったなら、警察に持ち込んでくれるかもしれない。そして絵の意味に気づいて違法なアヘン窟を取り締まってくれるかもしれない。そのような願いを込めたのではございませんか」

「……なぜ、わたくしがそのようなことをしなければならないの？　知らないなら教えて差し上げるわ。わたくしが、彼らをアヘン漬けにしているのよ」

シエナはマクラミンを真似て嘲笑を浮かべながら、悪女らしい受け答えをする。

ここはシエナの牢獄だ。誰が聞いているかわからない。使用人も全員怯えて固く口を閉ざしている。シエナも自分から話そうと考えるだけで身がすくんでしまう。

けれど、目の前に居る彼女の瞳は怯んでいないのだ。

「わたしどもがこの屋敷に参りましたのは、ウォルター・フィッチ様のご依頼でもあるのです」

ウォルター、その名前でシエナはあの夜の茶会を鮮やかに思い出す。

彼は友人に誘われて来た画家の一人だった。こちらで招いた芸術家達にも、口止めにアヘンを与える。多額の謝礼を貰える上にアヘンが吸えると、むしろ喜んで来る者が多い。なのに彼はシガールームに来なかったため、シエナが迎えに行ったのだ。それもまた己の役目だったから。

サンルームに居た彼は、わざわざ持ってきたティーセットでお茶を淹れていた。そしてシエナを見るなり、純朴にお茶に誘ってきた。

『なんだか疲れた顔をされてますね。そうだ、お茶しましょうよ！　とてもきれーな透明なカップを見つけたんですよ。きっとあなたににあいます！』

ろれつが回っていないことで、酔っているのだと理解した。

酔いが醒めてから連れて行けばいい。そう思って勧められるままに椅子に座り、ウォルターとお茶を飲んだ。

ティーカップは見たことがないほど美しくて、これが自分に似合うとはとても思えなかった。けれど、ウォルターが淹れてくれた紅茶は、すっと喉を通っていく。

マクラミンに無理矢理呑まされるアヘンで、ずっとけだるかった体が楽になったように感じられるほど。

顔色をうかがって緊張したり、言葉の裏を探り合ったりするものではない。他愛ない話をしながら飲んだお茶は、きれいで、おいしくて。失った友と過ごした時間を思い出した。

『でしたら、お茶をいたしましょう。私がご招待いたします。きっとお酒よりも楽しいですよ』


友人が誘ってくれたお茶会も、こんな穏やかさに満ちた時間だった。

そうだ、目の前の少女もまた、シエナを案じてお茶に誘ってくれた。

シエナの優しい記憶には、いつも温かなお茶がある。

あの夜の茶会のあと、どこを探しても、硝子のカップは見当たらなかったけれど。

シエナは、胸の奥で叫ぶ声を無視しようとした。これ以上はいけない。諦めたのだ。

あんな穏やかな時間は、シエナが味わっていいものではない。

マクラミンによって穢され、汚濁にまみれた自分にはふさわしくない。

なのに、ローザの言葉が続くのだ。

「フィッチ様は、シエナ様とのひとときを『あれほど美しく寂しげな光景は見たことがない』とおっしゃっておられました。だから、どうして寂しそうだったのかなんとしても知りたいと、わたしどもにご依頼されたのです。自分は女主人に嫌われて屋敷に出入り禁止になったから、せめて自分が夜に出会った人の正体を知りたいと」

「だって……っ」

言いかけた言葉をシエナは必死で呑み込んだ。

だって、そうしなければ、この屋敷に渦巻く悪意から守れなかったからだ。シエナができることなど、恐ろしいほどに少ない。穏やかなひとときをくれた彼が、かつての友人のようにシガールームで無気力に煙を吸う姿を見たくなかった。

しかしシエナはそんなことを口にできない。シエナはこの屋敷の女主人。アヘン窟を主導している加害者だ。

口を引き結ぶシエナに、ローザはわかっているとでも言うようにうなずいた。

「フィッチ様はまじめで誠実で優しい方だと感じました。そのような方を案じられたからこそ、あなたは気まぐれを装い、厳しい言葉を使いこの屋敷から遠ざけた。そうですね」

「なん、で」

そうだと、わかってくれるの。

ローザに友人の姿が重なる。はじめは豊かな黒髪と透き通った瞳の質感が似ていると思っただけだった。けれど、ローザは真摯にシエナと向き合い、安心させるように微笑んでくれた。

「子供にしか見えないわたしも、同じようにリャナンシーから遠ざけようとされたとわかっております。青薔薇骨董店でわたしを案じてくださったように、優しいお心遣いだと受け取りました。そして、ご自分が誤解されようと、罪もない人々をリャナンシーの魔の手から守ろうとする強さだと感じました」

心を覆う鎧に罅が入る。

諦めるのにも、誤解されるのにも慣れていた。

けれど、それでも、シエナの友人のように、なんら罪のない人達がアヘン漬けにされるのは、耐えられなかった。

だからマクラミンの監視の目を盗み、祈りを込めるようにケシとロベリアとシャクナゲを描かせた絵を、方々の画廊へ持ち込んだ。マクラミンが捕まれば、きっと自分も共犯として破滅するだろう。ほかに方法が思いつかなかったし、破滅してもかまわなかった。

お願い、危険なの。悪意に気づいて。来てはだめ、と。

声を嗄らして叫べない代わりに、絵に託した。

彼女は、気づき始めている。シエナの本当に。

「……毒婦、と呼ばれるわたくしが、そんなことをするとでも？」

けれど傷つききった心で認めてしまうのが怖くて、シエナは虚勢を張って突き放す。

事実、優しさなんて殊勝な理由ではないのだ。

マクラミンの力は強大で、シエナの大事な物を壊していく。だから人格も人生も壊されていく人々を何度も見殺しにしたのも本当なのだ。

誰もシエナの本当になんて、気づかなくていい。諦めて、諦めてようやく心は平穏になったのだ。彼女も誤解すればいい。シエナは毒婦だと罵ればいい。

シエナが微笑んでみせると、ローザは少し困ったように眉尻を下げた。

「アルヴィンさんなら、シエナ様の微細な反応から、本当の感情を言い当ててくださったのでしょうけど、わたしでは確信が持てません。シエナ様がなぜそのように迂遠な方法を採られたのかもわからないままです。けれどわたしは、あなたが青薔薇骨董店にご来店されたときから……助けを求めていらっしゃるように、感じました」

入った罅から、鎧が崩れていく。

シエナが必死で隠し守ってきた傷つききった心が、青と金の瞳の前に晒される。

「店主からの伝言でございます。『自分は絵画の伝言を受け取った。リャナンシーの正体を白日の下に晒そうと思う』と」

シエナの脳裏に、変わり果てた友の姿が蘇り、たまらず身を乗り出す。

「だめよっ、そんなことをしたらあなた達が……っ！」

言いかけて、はっと口をつぐんだ。希望を持ちそうになる自分を必死に戒めた。

期待をすれば、また友人のようにマクラミンの餌食になってしまう。ならば、シエナが諦めるほうがずっと良い。それほどに、マクラミンは恐怖の根源となっていた。

彼女達を止めるために、心にもない言葉がせり上がってくる。

「わたし達は、大丈夫です」

だが、シエナが口を開く前に凛とした声が言い切った。

「わたしは、あなたが絵画に込めた伝言と、わたしが感じた、優しくお強い想いを信じます。本当の想いを、見つけてみせます」

薔薇の名を持つ青の少女は、そう、語ってくれるのだ。

諦めるのは、慣れている。はず、なのに。

美しい金が散る、青の瞳がシエナを捉えて離さない。

マクラミンの言葉が脳裏をよぎる。

『まるでリャナンシーのような毒婦だな』

自分は、人々を破滅に追い込む悪女なのだと。理解など求めてはいけないのだと言い聞かせてきた。

けれど本当は――……

心が軋んでちぎれてしまいそうなほどの恐怖に襲われながらも、震える唇を、開いた。

「……い、い、の」

本当はずっと助けて欲しかった。この真っ暗な絶望から抜け出したかった。けれど、こんなに人を破滅に追い込んだ自分が、救われて良いわけがないと思っていた。

自分には、鳥のように日向を自由に飛ぶことは許されない。

だからきっと、信じてもらえないのも、自分への罰なのだと。

「わたくしの、ことばを、信じてくれるの」

ローザがゆっくりと近づいて、震えるシエナの手を取った。

小さくとも、あの夜持った硝子のカップのように温かい手だった。

まぶたの裏に、あの画家が描いてくれた自分のスケッチが蘇る。リャナンシーのような妖艶さなどみじんもない、どこにでも居そうな清楚な娘だった。

これが自分だと、このように見て欲しかったと願ってしまうような。

「シエナ様、今までよく、耐えられましたね」

信じてくれる人が、こんなに、居た。

シエナは、青薔薇のような少女の前で泣き崩れた。

＊

シエナが自室に帰るのを見送ったあと、ローザは招待客達を引きつけてくれていたアルヴィンと合流した。話が話であるため、盗み聞きされる心配のないアルヴィンの部屋でシエナから聞いたことを伝える。

すべて聞き終えたアルヴィンは、納得したようだった。

「なるほど、シエナは気づいて欲しかったのか。花が〝悪意〟と〝危険〟という意味を内包しているとまではわかったけれど、なぜそう託したのかまではやはりローザでなければ解釈できなかったね、ありがとう」

「いえ……」

アルヴィンに労われたローザは気恥ずかしくなり、淹れてもらったお茶を一口飲む。一人でシエナと対峙するのは、思っていた以上に緊張していたのだろう。渇いた喉が潤い、心も少しほぐれた。

ほうと息を吐いたが、それでもすべての懸念が解決されたわけではない。

「シエナ様には、アルヴィンさんから言われた通りに伝言いたしましたが、本当になんとかできるのでしょうか」

なにせシャーレー社はかなり大きな貿易商社だ。この屋敷の規模を見てもわかる通り、巨大な財力を持ち、屈強な部下も雇っている。

なによりマクラミンは、人をアヘン漬けにして脅迫の材料にする、などという非人道的な恫喝を行い、シエナを毒婦に仕立て上げる狡猾さを持つ危険な人間だ。一人でどうにかできる範疇でないのは、ローザでさえわかる。

シエナは言葉少なに、自分がマクラミンにされたことを話してくれた。シエナがローザに配慮をしてくれたことがわかる、全容をぼかした簡素な言葉で。でもたったそれだけで、彼女が受けた仕打ちがあまりに卑劣で、残忍で狡猾だったと知るには充分だった。

誰かの前で泣くことすら許されなかったシエナの痛々しい姿が、脳裏から離れない。

シエナの前では我慢していた涙が溢れそうになるのを、ローザは堪える。

それでも一筋こぼれてしまった涙を、そっと指で掬われた。

妖精のように美しい顔をした、アルヴィンだった。

「涙を流している。悲しいのかい？」

「……悲しいのもあります。けれど、それ以上に悔しいのです。シエナ様が、あのような仕打ちを受け、ご自分の本来の姿で生きることを許されなかった理不尽さが。長い間耐えてこられた彼女を救う方法を、わたし自身が見つけられないのが、悔しい」

それでもローザは、彼女の想いを聞けて、良かったと思っている。

ただ、今はまだ心の整理がつかないだけなのだ。

無作法とわかっていても、ローザはティーカップを両手で包み、その温もりに縋った。

ローザが口元を引き結ぶ姿に、アルヴィンは、銀灰の瞳を戸惑うように瞬かせる。そして少し考えたあとに言った。

「君の言う『救う』というのがどういう状態を指すのか難しいな。ただ、アヘンが関わった事件を解決するための行動は充分にできている。この事件が解決すれば、少なくともシエナはマクラミンから解放されるだろう。そして、君がシエナから聞き出してくれたことは、僕が確信を持って動くに値する話だった。適材適所だと思うんだけど、どうかな」

端的で、素っ気ないとも言える言葉だ。

けれど、ローザはじんと胸が熱くなる。

アルヴィンは、嘘（うそ）は言わない。ごまかしもしない。だから、彼がそう語るのなら、ローザがシエナの心の扉を開いたことは確かに役に立ったということになる。

それを彼が口に出して語る必要はないのに、ローザのために話してくれたのだ。

今のローザには、どんな慰めの言葉よりも、救われた気持ちになった。

ローザがこくんとうなずくと、アルヴィンは紅茶を飲みながらいつもの調子で続けた。

「実はセオドアがアヘン密売の一件を追っているんだ。マクラミン氏は茶貿易自由化のときに破産の危機に陥ったが、特に業務形態が変わったようには見えないのに、驚異的な成長力で持ち直している。その理由がアヘンの密売だったのなら様々なことに説明がつく。セオドアにはすでに話を通してあるし、うまくしてくれるよ。僕も内部のことを証言できるよう、もう少し調べるつもりだしね」

「そう、ですか、よかった……」

少し感情の波が落ち着いたローザは、アルヴィンが語ってくれた解決策を聞いて、今度こそほっとした。

「僕は少し出かけてくるけれど、ローザはあまり部屋から出ないで、安全を確保していてくれるかな。本当は今すぐにでも帰れたら良いのだけれど、今慌てて帰宅すると、かえって目を付けられるだろう」

アルヴィンの見解に、ローザはなるほどと腑（ふ）に落ちる。

「シエナが協力的だとわかった今は、アヘンを無理に呑まされるような心配もないし、このままおとなしく過ごして最終日に帰ったほうが安全だろうね。ただ、ローザはホーウィック卿と一緒に居てくれたらさらに良いのだけど」

アルヴィンに提案されたローザは、朝食の場で見たクリフォードを思い出し苦笑する。彼は昨日の醜態を覚えていたらしく、ローザを見るなり顔を引きつらせて挙動不審になっていたのだ。

アルヴィンに対してはいつも通りの非友好的な態度だったので、ローザとアルヴィンに部屋まで運ばれたことは覚えていないようなのは幸いか。

「おそらく、ホーウィック卿が気まずい思いをされますから、それはできそうにありませんね」

「そう？　ならしかたがないか」

アルヴィンは不思議そうにしながらも話はそれまでになった。

その午後、アルヴィンは実際にふらりと居なくなったが、何事もなく帰ってきた。

さらに彼はシエナと話をしたい、と言ってローザを伴い再び招待客の目を盗んで、シエナと手短に情報の交換もした。

アルヴィンに素直に謝られたシエナは戸惑っていたが、アルヴィンが「警察と連携している」と伝えると呆然(ぼうぜん)としていた。ローザはシエナが涙をこぼさないながらも、激しい不安と、それとは裏腹な安堵(あんど)に包まれていることを、ひしひしと感じた。

　さらに翌日の朝。

　ローザは出立の準備を整えた後、朝食のためにダイニングルームへ向かっていた。

先ほどアルヴィンの部屋を見に行ったのだが、彼は、夜遅くまでなにかしていたようで、いつもより目覚めが悪いようだった。

使用人に朝ご飯を持って行ってもらうこともできるが、ローザは自分の朝食と共に彼のもとへ持って行けば良いと考えた。

　歩きながら、ローザはシエナのことを考える。

　知る限りのマクラミンの悪事を話してくれたシエナは、終始、自分の想いを語ることを、ひどく恐れていた。それは、マクラミンに大事な友人を傷つけられて、強要された「毒婦」としての印象を受け入れて必死に身を守るしかなかったからだろう。

　ローザは、彼女の怯え方(おびえかた)が尋常ではないものだとすでにわかっている。

だからこそ、思うのだ。このようなアヘン窟を経営し、恐ろしいほどの狡猾さで他者を虐げるマクラミンという男は、どのような人物なのだろうか、と。

　考え込みながら、階段を下りようとしていたローザは、下方の踊り場で向かい合う、二人の男性に気づいた。

一人は、クリフォードだ。服装こそ気楽なラウンジスーツだったが、金の髪を朝からきれいに整え、高貴さを醸し出している。

彼の前に居るのは、五十代ほどの男性だった。しわを刻み、口ひげを蓄えた面立ちは落ち着いた雰囲気を持っている。

だが彼の表情に粘ついた暗さを感じ、ローザは思わず立ち止まった。

二人の間には肌を突き刺すような緊張感が漂っている。

彼らは上の階にローザが居ることに気づいていないようだった。

クリフォードはいつになく険しい表情で男に声をかける。

「マクラミンさん、遅い到着でしたな」

ローザはクリフォードの言葉で、男がシエナの夫でありこの屋敷の主人マクラミンだと知る。そういえば、シャーレー紅茶の広告に載っていた肖像画にそっくりだ。

マクラミンは、表面上は穏やかに答えた。

「失礼いたしました。まさかグレイ家の嫡男であるホーウィック卿がいらっしゃるとは思いもせず、慌てて都合をつけて昨日の夜にようやく到着しました。……中上流階級(アッパーミドルクラス)は領地からの収入というものがありませんから、飛び回ることが常になっているのですよ。不作法はお許しください」

礼儀に則(のっと)った丁寧な口ぶりだ。しかし、ローザは気持ち悪いと感じた。上滑りしていて、言葉の下にどろりと粘ついた別の意図が沈殿しているような気がした。

しかしクリフォードは表情一つ変えなかった。

「ここでしていること自体は不作法ではないと？」

柔和だったマクラミンの目が鋭く細められる。その視線を平然と受け止めたクリフォードは続けた。

「あなたが現れないのであれば、それなりの対処を考えなければならなかった。しかし、こうして顔を合わせたのであれば、建設的な話に応じていただきたいものだな」

「……なんのことかわかりませんが、私もぜひ二人きりで話がしたいと考えておりました。そうですね、あなたもお忙しいでしょう。朝食後などいかがでしょうか？」

「良いだろう」

同意した様子で二人が二方向に別れる。

こちらに歩いてくる足音が聞こえて、ローザはマクラミンと遭遇してしまうのかとうろたえる。幸運にも、ローザのほうへ歩いてきたのはクリフォードだった。

彼はローザに気づくと気まずそうな表情をしたが、声をかけてくる。

「おはよう、ローザ、アルヴィンと一緒ではないのか」

「おはようございます、ホーウィック卿。アルヴィンさんは夜遅くまでなにかしていらっしゃったようなので、起こさないで参りました」

「そうか……君も含め、リャナンシーの会には、参加していないのだな？」

念のためといった調子で問いかけるクリフォードに、ローザは周囲を見渡して誰も居ないのを確認した後、うなずいてみせる。

するとクリフォードはあからさまに安堵を浮かべた。ほんのりと心が温かくなったローザは顔を綻ばせる。

「わたし達のことをお気づかいくださりありがとうございます」

「いや、別に……なら本当に、結局あいつはなにをしに来たのか」

言葉を濁すものの、クリフォードの語気は弱い。もうすでに彼の本心を知っているローザに、アルヴィンを否定するのも決まりが悪いようだ。

あまりアルヴィンについて言及すると、彼を困らせてしまうだろうと控えたが、ふと彼に自分達の目的を話していないことに気づいた。

なにより、なぜクリフォードがここに居るかも聞いていない。

どうするか逡巡（しゅんじゅん）しているうちに、クリフォードのほうが話しかけてきた。

「君達は今日帰るのか」

「は、はい。お昼前には出立するつもりです。ホーウィック卿は」

「私も今日中には屋敷を後にするつもりだ。ようやく目的が果たせる」

そうつぶやいたクリフォードの表情には決意が宿っていた。

「アルヴィンになるべく早く帰れと言っておきなさい」

彼の気迫に呑まれたローザはそれ以上声をかけられず、彼の後ろ姿を見送った。

ローザが自分の朝食の分と共に、彼のためにバター付きのトーストにソーセージとポーチドエッグを持って帰ると、アルヴィンは眠たげな目で起きるところだった。

昼頃には屋敷を去る予定になっていたから、食べ終わると忙しく荷物をまとめあげる。

二日居た部屋は、すぐにさっぱりとした。

ローザが荷物を持って部屋を出るとアルヴィンも旅仕度をすでに終えていて、使用人に馬車へ荷物を運ぶよう頼んでいた。

こちらに気づくと、ボウラーハットを被り朗らかに言う。

「ローザ、その荷物も頼んでしまおう。そうしたら、ホーウィック卿とシエナに挨拶をしに行こうか」

「はい」

ローザも使用人に自分の荷物を預けてから、アルヴィンについてクリフォードの部屋へと向かう。

しかしノックをしても誰も出てこなかった。

「どこかに行ってらっしゃるのでしょうか？」

不思議に思っていると、アルヴィンは周囲を見回す。たまたま通りかかったメイドを見つけるなり、彼女の行く手を阻むように壁に手をついて引き止めた。

「ねえ、君。仕事中にごめんね、聞きたいことがあるのだけれど」

「は、はいっ⁉」

アルヴィンに顔を覗(のぞ)き込(こ)まれた十代ほどのメイドは、招待客から声をかけられるとは思っていなかったのだろう。アルヴィンの美しい容貌も相まり、お手伝いさんの箱(ハウスメイズボックス)を胸に抱えて少々かわいそうになるほどうろたえていた。

人との距離感がおかしいアルヴィンのいつもの癖が出てしまったと思ったローザは、間に入ろうとする。しかしすぐ、彼の表情がいつになく真剣なことに気がついた。

「この部屋に泊まっていた招待客と従者が、どこに居るか知らない？」

顔を真っ赤にしたメイドは、アルヴィンが指し示した扉をちらりと見ると、か細い声で答えた。

「そ、そこに泊まってた方なら、遠乗りに出かけられていると聞いてますが……」

「遠乗り？　つまり今この屋敷に居ないと聞かされたということだね？」

「はひ……」

顔を真っ赤にしたメイドはしどろもどろになりながらもうなずく。

アルヴィンは彼女に礼を言うなり足早に歩き出した。

ローザも慌てて後を追いながら問いかけた。

「ど、どちらへ向かうのですか」

アルヴィンは問いに答える代わりに別のことを話し出す。

「君は朝にあの子と会ったと言ったね。そのとき僕達が帰る時間を告げて、彼の出立も今日中だと聞いた」

様子がおかしいアルヴィンに戸惑いつつもうなずいた。

「はい、昼前にはこちらを発つと。ですがホーウィック卿は予定を変更されたのですね」

ローザ達と顔を合わせるのがかなり気まずそうだったから、顔を合わせないように屋敷の外へ出たのかもしれない。

「絶対に違う」

そう考えたのだが、強固な否定が返ってきた。

ようやく横に追いついて見上げたアルヴィンの顔に笑みはない。

「あの子は礼儀正しいから、どんなに気にくわなかったり気まずかったりしても、先に帰るときには挨拶に来る。予定を変更したのなら伝えに来るし、自分で伝えられないのなら従者に伝えさせる。だからあの部屋に誰も居ない時点で、あの子になにかがあったんだ」

ローザはようやくクリフォードに危険が迫っていると気づいて青ざめた。

「君は朝、あの子がマクラミン氏と話をしていたと言ったね。たぶんそのときに、マクラミン氏の怒りに触れることを言ったんだ。ただでさえ、グレイ家が茶の貿易自由化の法案を通したことで、マクラミン氏は一時期破産寸前にまで追い込まれた。そしてアヘンの輸入規制をしたのは現グレイ伯爵だ。クリフはその恨みを晴らす相手として格好の的なんだよ」

「っ……！　で、ではあの方は……っ！」

シエナから聞かされた、マクラミンの残虐な仕打ちがローザの脳裏をよぎる。

今クリフォードがどんな窮地に陥っているのか、想像するのも恐ろしい。

言葉に詰まったローザに気づいたアルヴィンは、はっと立ち止まると、ほんの少し語気を緩めて言った。

「殺す、とかそういうことはないよ。ただマクラミン氏はここで邪魔な人間やその身内をアヘン漬けにすることで脅迫していた。クリフもそうするつもりだろう」

「全然良くありません！　なんとかして助けに行けませんか……」

言ってしまってから、自分の無責任な言動を後悔した。

どこに居るかもわからないクリフォードと従者を、しかも周りは敵だらけの中で探して助け出すなんて無謀に決まっている。

驚いたように目を見開き無言になったアルヴィンへ、ローザは謝罪しようとする。

けれど、その前に彼はローザの両肩に手を乗せた。

「いいかい、僕のそばから離れないで。それから僕がなにをしても驚かないでね」

ひたと合わせられた瞳を見たとき、ローザは直感的に気づいた。アルヴィンははじめから助けに行くつもりだったのだ。心臓が緊張と恐怖で痛むほど速く鼓動を打っているが、即座にうなずいた。

「大丈夫です。アルヴィンさんを信じます」

「うん、こっちだ」

アルヴィンが足早に向かったのは、日中は固く閉ざされているはずのシガールームだ。

彼はその扉を迷わず開く。

内部の窓は厚いカーテンに覆われていたが、夜に見たときよりは明るく保たれていた。

室内は長椅子が乱雑に脇によけられていて、四人ほどの男達が、中心にある二つの椅子を取り囲んでいた。立っているのはマクラミン氏の部下だろう。

椅子の一つには、悠然と脚を組み愉悦の笑みを浮かべるマクラミンが居た。

その傍らには後ろ手で縛られ口には猿ぐつわをかまされた従者のジョンが、床にひざまずかされている。彼は男に拳銃の銃口を突きつけられており、焦燥と恐怖に固まっていた。

もう片方の椅子にはクリフォードが座っていた。彼は激しい怒りと侮蔑の感情をマクラミンに向けながら、今まさに、テーブルに置かれた注射器を取ろうとしていた。

その全員が、アルヴィンとローザが現れると、虚をつかれた様子でこちらを見る。

場が殺気立つ中で、唯一反応が違ったのはクリフォードだ。なぜとばかりにアルヴィンを凝視する。

室内の殺伐と張り詰めた空気にローザも緊張が増していく。

にもかかわらず、そのような空気などまるまると無視して、アルヴィンはいつも通りの微笑のまま声をかけた。

「やあ、はじめまして、ミスター・マクラミン。恐喝の最中に失礼するけれど、ホーウィック卿を返してもらいに来たよ」

場違いな朗らかな挨拶に、男達は硬直する。しかし、アルヴィンが室内に足を踏み入れたと見るや、彼らは臨戦態勢を取った。

マクラミンも余裕たっぷりに、不快感をあらわにする。

「招待客か。こちらは今使用中だ、出て行ってもらおうか」

「僕が出て行ったら、ホーウィック卿を無理矢理アヘン漬けにするつもりだろう? 注射器の中身はアヘンを精製したモルヒネだよね。アヘンの吸引よりも何倍も強力で、用法を間違えれば大変危険な代物だ。何本も打てばあっという間に中毒者のできあがりだろうね。もし死んだとしても、裕福な人々はご禁制品に溺れたなんて不名誉を表に出したくはないだろう。自殺として処理できるという筋書きかな。まあどちらにせよ、グレイ家の名声は一気に失墜するだろうし、あなたの復讐は完遂だろうか」

アルヴィンはきれいな笑みを浮かべたまま、もくろみを次々と言い当てられて凍り付くマクラミンを見据える。

「従者の命を盾に取ってまで、あえて自分でアヘンを打たせようとしているね。それは、あなたが憎んでいるグレイ家の人間が、無様な姿を晒すのを観賞したいからだね」

「アルヴィン！　なにをしている、さっさと逃げろ！」

クリフォードが叫ぶが、すでにローザ達が入ってきた扉の前にはマクラミンの部下の一人が立ちはだかっていた。

アルヴィンの背後に付いたローザは、屈強な男達から感じる敵意も、マクラミンのどす黒い憎悪に染まった感情も恐ろしかった。けれどそれ以上にアルヴィンの微笑が、寒気がするほど美しいことに意識を奪われていた。

「ならどうだというのだね？　のこのこ現れて正義の味方気取りかな。時々居るんだよ。この坊ちゃんのように、悪事を指摘すればすべてが丸く収まると考える愚か者がね」

一切の表情がそぎ落ちたマクラミンの嘲弄混じりの問いかけに、アルヴィンはゆったりと応じる。

「いいや？　僕はただの妖精学者さ。だからこそ、少し忠告したいと思ってね。――その注射器に入っているもの、本当にモルヒネかな？」

おそらく、その場に居る全員が、言葉の意味が理解できなかっただろう。

「……なにを馬鹿な」

マクラミンは失笑するが、アルヴィンは眉をハの字にして、心底気の毒そうに言う。

「妖精達は、無礼を働いた人間には罰を下すものだ。そういった罰の中には、食べ物などから、精気を吸い取って効能や栄養をなくしてしまうというものがある。君はリャナンシーをアヘンの符丁として使っていたのだってね。妖精は総じて気位が高い。嘘（うそ）を忌み安易に名を使われることを嫌う。本物のリャナンシーの怒りに触れるには充分だ」

ローザは内心、なにを言い出したのだろうと耳を疑った。

以前教えてくれた、食べ物の精気を奪う妖精の話は覚えていたが、なぜこの状況で持ち出すのか。けれど、ここに来る前になにをしても驚かないと約束したのだ。だからローザはあくまで平然とした顔で、アルヴィンの傍らに控えていた。

案の定マクラミンもその部下達も鼻白んだ顔をしている。

マクラミンは大声で笑い出した。

「では妖精学者の君の見解では、このモルヒネがただの水になっているとでも言いたいのか！　今、ここで注射器に入れたばかりだというのに？」

芝居がかった仕草で馬鹿にするマクラミンだったが、アルヴィンはあくまで大まじめにうなずいた。

「その通りだ。川のそばにある林の中に建つアヘンの倉庫も、そろそろ摘発される不幸が起きている頃だろうからね」

アルヴィンの言葉に、マクラミンの嘲りの表情が凍り付いた。

明らかに態度が変わった彼に、アルヴィンは首をかしげてみせる。

「おや、君は明らかに僕の言葉を信じていない反応だったのに、これは信じるのかい？」

「……今までよりは、ずいぶんおもしろい冗談だと思ってね。根拠は？」

「さあね。けれど、ここでホーウィック卿をアヘン漬けにも殺すこともできないのなら、君達はとても困るだろうね」

ローザは気づいていなかったが、この異様な場にも動じない美しい少女を従え、真意も読めず微笑む銀髪の青年は、得体の知れない不気味さを帯びていた。

じっとにらみ合うマクラミンとアルヴィンだったが、不意にマクラミンが残忍な笑みを浮かべた。

「ならば全員口を封じればいいだけだ。貴族野郎がモルヒネを過剰摂取して錯乱した挙げ句銃を乱射。その後拳銃自殺を図った、という筋書きのほうが説得力がある」

「そうか、あなたはそう考えるんだね。じゃあその注射は、僕の体に打とう」

「………………は？」

誰もが、アルヴィンが言い出したことが理解できなかっただろう。

マクラミンですらぽかんとした顔をする中、アルヴィンはさっさとテーブルの上から注射器を取り上げる。

「だってあなたの筋書きなら、僕の体に注射したって成立するだろう？　これで僕が錯乱したり幻覚に襲われたり眠りについたら、お望み通りに銃で撃てばいいんじゃないかな。君達も彼より抵抗しない相手のほうが楽でいいだろう？　後は縛られた人間と女の子なのだし、どうとでもできる。そうだね」

マクラミンはアルヴィンの意図が掴めない様子で、猜疑と誘惑の間を行き来していた。

が、最後には利益に傾いたらしい。慎重に口を開いた。

「確かに、私達も暇ではない。だが貴様はわざわざ自ら死ぬと言い出して、なんの益がある？　本当の目的はなんだ？」

猜疑心に満ちあふれたマクラミンに、アルヴィンは笑みを崩さないまま首をかしげた。

「なにって、あなたが妖精を信じていないようだから、証明したいんだ。あなたはこの注射器の中身がモルヒネだと信じている。けれど僕は妖精に精気を奪われて、無害になっていると考えている。僕は妖精学者だからね。妖精の罰に晒されていると検証できるのなら、試す価値は充分あるんだ」

マクラミンは今さらながらに不気味さを覚えたようで顔を引きつらせる。はっきりとアルヴィンを異常者だと考えていたが、好都合だとも思ったようだ。

「まあなんでも良い。言っておくが、それは医療用などとは比べものにならないほど強力な一品だ。一回打っただけで数秒も保たず、抵抗できなくなるからな」

「本物だったら、だろう？」

「アルヴィン、だめだ、打てばただではすまないんだぞ！　馬鹿なことはやめろ！」

顔色を失ったクリフォードが、アルヴィンに掴みかかって制止しようとする。しかし、マクラミンの部下に取り押さえられてしまった。

ローザもさすがに動揺し、アルヴィンを見上げる。

「アルヴィンさん……」

「ねえ、袖をまくってくれるかな？　片手じゃちょっと厳しいから」

アルヴィンが言いつつ身をかがめてくる。

本当に打つつもりなのだろうか、アルヴィンはなにを考えているのか。ローザは不安に揺れつつも、仕方なく差し出された左腕のカフスを外して袖をまくっていく。

すると、小さな声でささやかれた。

「大丈夫、僕は運が良いからね。……騒ぎになったら、まず従者の縄を解いて」

ローザは顔色を変えないようにアルヴィンを見返す。ゆったりとした仕草にじれたのか、マクラミンがとがった声で催促した。

「今さら怖じ気づいたか。取り押さえさせてでも打つぞ」

「大丈夫だよ。じゃあ、よく見て……はい」

アルヴィンは朗らかに微笑むと、周囲に見せつけるように腕を伸ばす。

全員が注目するのを待ってから、剝き出しになった腕の柔らかい部分へ、ごく気軽な仕草で注射針を刺した。

そのまま押し子を押し込んでいくと、透明な液体が体内へ送り込まれていく。

クリフォードも従者のジョンも、絶望の表情でその様を見ていた。

ローザもまた固唾をのんでアルヴィンを見つめる。

すべての液体を自身の体に入れたアルヴィンは、針を腕から抜いた。

打たせてしまえばこちらのものだとばかりに、マクラミンは勝ち誇り、部下へと指示を出そうとする。室内は重苦しい絶望と、蛮勇を嘲弄する空気で満たされる。

その奇妙な静寂を、ごく気軽な吐息が破った。

息を吐いたアルヴィンは、いつもの微笑みのまま、周囲を見渡した。

「ふう、注射器なんて初めて自分で使ったけど、結構痛いものだね。ところで、どれくらいの時間で効いてくるものなのかな」

邪悪な笑みを貼り付けていたマクラミンの顔が、のどかに響いた声に凍り付いた。

アルヴィンはどう見ても先ほどと寸分変わらず、平静さを保っている。

周囲の部下達も目を大きく見開いたまま、平然と立つ銀の青年を凝視していた。

にわかに信じがたいとばかりに、マクラミンが声を荒らげた。

「なぜまだ立っていられるんだ⁉　どんな大男でも即座に倒れる量だぞ⁉」

「けれど僕はこうして立っているよ。体調もそのまま、気分の変化もない。おやおや、おかしいね？　モルヒネの効力が出てこないのかな」

「世迷い言を……！　おい、保管庫から別の瓶を持ってこい！」

マクラミンは混乱した様子で腰を浮かせ、テーブルの上にある瓶を手に取って確認しながらも、部下の一人に命じる。

部下達も動揺していたが、ジョンに拳銃を突きつけていた男が持ち場を離れて部屋の奥へと行く。

そのとき、廊下へと繋がる扉が突如開かれ男が転がり込んできた。

「ミスター！　ミスター！　大変です！」

「今度はなんだ！」

マクラミンが本性もあらわに怒鳴ると、男は焦りの表情でまくし立てる。

「今、川沿いのアヘン倉庫に警察が来てるんですっ！　取り引き相手もみんな捕まっちまって……俺は一刻も早く知らせようと馬を走らせて来たんですがもう……！」

その報告にマクラミンの顔から血の気が音を立てて引いていく。からり、と音がして、マクラミンが振り返ると、銀の青年が注射器を床に落としていた。

わなわなと震えるマクラミンは、アルヴィンに詰め寄る。

「貴様一体なにをした！」

しかし先ほどと同じように微笑するアルヴィンは、こてりと首をかしげるだけだ。

「だから言っただろう？　君が妖精を冒瀆(ぼうとく)したから、意趣返しをされたのだよ」

マクラミンが顔を怒りにどす黒くして拳を振り上げたとき、カーテンの隙間から窓の外を覗(のぞ)いていた男が引きつった声を上げた。

「なあ、あの馬車の群れ、みんな警察なんじゃないか……？」

青ざめた部下達は顔を見合わせると、我先にと部屋の奥にある保管庫へと殺到した。

「お前達なにをしている!?」

マクラミンは驚いて部下の一人の肩を摑むが、錯乱した部下はその手を振り払った。

「もう俺達は終わりなんだろ!?　ならアヘン持って逃げるしかねえじゃねえか！」

「おい早くしねえと警察が来るぞっ」

「なあ、もうここで打っちまったほうがいいんじゃねえか」

「貴様らぁ！　裏切るのか！　待てっおい！」

マクラミンは引き止めようとするが、部下達は手当たり次第にアヘン粉末の袋やモルヒネの瓶をポケットに詰め込んだり、その辺にあった布で包んで持ち出そうとしている。

ジョンが完全に監視から外れたと思ったローザは、思い切って彼に駆け寄り、その猿ぐつわと腕の縄を解こうとする。

気づいたマクラミンがものすごい形相で駆け寄ってくるが、その前に立ちはだかったのはアルヴィンだ。

「ミスター・マクラミン、妖精は執念深い。君が利用した分だけいつまでもつきまとうよ」

わなわなと震えていたマクラミンは、引きつった笑みを浮かべた。

「ははっ、警察が来て困るのはお前達もだろうが。せいぜいハイエナの記者共に群がられてあえぐが良いさ！」

そう捨て台詞を吐くと、脱兎のごとく表の扉から逃げていった。

ローザがジョンの猿ぐつわを外すと、彼はローザに小さく礼を言いながらも、よろよろとクリフォードに近づき訴えた。

「マイロード、早くお逃げください！　あなた様がここに居るとわかれば、根も葉もない噂を立てられ家名が傷つきます……」

「仕方ないだろう、アヘン窟を明るみにできたことだけでも収穫だ」

疲れたように言うクリフォードに、ジョンは涙目になる。

「申し訳ありません……自分が、捕まったばかりに」

「ジョンくん、ちょっと動かないでね。縄を切るよ」

そんなジョンの後ろに回ったアルヴィンは、さっと取り出したナイフで縄を切る。

突然だったせいでジョンはその場に倒れ込みそうになったが、かろうじて踏みとどまると、すぐ真っ赤な顔で抗議しようとする。

しかしアルヴィンは取り合わず、ジョンに問いかけた。

「ねえ、従者くん。帰宅の荷物はまとめてあるかな」

「ああ!? なんで今そんなことっ。もちろんマイロードが話を終えたらすぐ帰れるようにトランク三つはまとめてある！ ……それを知らせようと部屋を出た瞬間殴られたんだ」

悔しそうに語るジョンに、アルヴィンはなるほどとうなずいた。

「良かった、三つならなんとかなりそうだね。じゃあ、こっちだ」

いまだにアヘンの奪い合いをしている男達を尻目にアルヴィンが壁を探って開いたのは、一昨日(おととい)ローザ達がシガールームを覗いたときに使った使用人用通路だ。

驚くクリフォードをアルヴィンは促し、四人で狭い通路を突き進む。

暗い中でも、ローザは袖がまくられたままのアルヴィンの腕に残る注射痕を注視していた。歩いている姿もいつも通りそのもので、覚束(おぼつか)ない気配はない。

「アルヴィンさん、お体は大丈夫なのですか。モルヒネは強力な薬なのでしょう？」

動揺が収まらないクリフォードもローザに便乗するように口を挟む。

「そうだ、私は確かにマクラミンが、自らモルヒネの瓶から注射器に移すのを見たのだ。平然としていられるわけがない」

「ああ、あの中身は生理食塩水だよ。昨日の夜に部屋の奥に保管されていたモルヒネの瓶を見つけて、手前だけ中身を入れ替えておいたんだ」

あっさりと語られたアルヴィンの種明かしに、ローザもクリフォードもぽかんとする。

その驚愕が理解できていないのか、アルヴィンはいつもの口調で続けた。

「ホーウィック卿の目的は、招待客となった知人を連れ戻すか、このアヘン窟をやめさせるためにマクラミン氏と直接交渉をすることだっただろう。けれど、マクラミン氏は強硬手段を辞さない人間だ。逆に君を脅迫するためにモルヒネを利用する可能性があったから、念のためにね」

「だ、だがマクラミンがお前の入れ替えたモルヒネの瓶を手に取るとは限らないだろう……！」

そもそも外から持ち込んだ瓶を使う可能性だってあったはずだ」

クリフォードが理解できないと声を荒らげると、アルヴィンはあっけらかんと答えた。

「僕は運が良いからね。それに、君がモルヒネを打たれないのであれば、方法はなんでも良かったんだ」

ローザはアルヴィンに施された祝福のおかげだ、と悟る。それでも、あまりに勝算の低い賭けをしていたことにめまいがした。

アルヴィンは驚異的な記憶力で使用人通路の構造をすべて覚えていた。一切迷わず、誰にも遭遇せずにクリフォードの部屋付近の廊下へたどり着く。

だが部屋の前には、シエナが佇んでいたのだ。

シエナは、ローザ達に気づくとはっとした顔をする。

「あんた……！」

ジョンは彼女がマクラミンの妻だと気づくと怒りをあらわに詰め寄ろうとするが、その前に、ローザがシエナに駆け寄った。

「シエナ様、なぜここに」

「あなた達が馬車に荷物を載せたまま出立していないと使用人に教えられて、探していたの。もしかして夫に見つかってしまったのかと思って……。ホーウィック卿と知己のようだったから、こちらにも探しに来たのよ。無事だったのね、良かった」

シエナの心底ほっとした表情は、明らかにローザ達を案じているとわかり、クリフォードとジョンは面食らって立ち尽くす。

ただ、あまり余裕のない彼女は彼らには気づかず、ローザとアルヴィンを見て言った。

「あなた達の荷物が載った馬車は、使用人口のほうに置くよう命じてあります。先ほどから表口のほうが騒がしいの。きっとホワイトさんのおっしゃっていた警察が来たのだわ。このまま居れば、いらない騒ぎに巻き込まれます。必要なら逃げてくださいな」

「……マクラミン夫人、あなたは逃げないのか」

思わず口を挟んだクリフォードの言葉で、初めてシエナは彼に気づいたようだ。

一瞬、顔を強ばらせたのは、どの自分を見せるべきか考えたからだろう。

彼女は、先ほどまでの笑みとは比べものにならないほど、ぎこちない笑みを浮かべた。

「わたくしは、ここの女主人ですわ。お客様を全員お見送りするまでは帰れません」

「シエナ様……」

帰る場所がないと諦めているようにローザには感じられて、そっと彼女を見る。

けれど、シエナは安らかな表情で、ローザの手を取った。手袋のない柔らかな手だ。

「あなたが、わたくしに気づいて、信じてくれた。だから良いの。……けれど、あの絵だけは、手元に置いておきたいわ。必ず取りに行くから、待っていてくださる？」

すべてがうまく行くわけではない。アヘンの密輸が摘発されたとしても、これから彼女が立ち向かわなければいけない困難は、想像できないほど辛く苦しいものだろう。

ローザが手助けできることは、ほんの少しだけ。なのにシエナの顔は明るく、心からローザに感謝してくれている。

悔しくて、悲しくて……それでも、嬉しくて。

こみ上げてきた熱いものを、ローザはぐっとこらえた。

代わりに、彼女に握られた手をしっかり握り返す。

「――かしこまりました。ごきげんよう、シエナ様！」

「ええ、ごきげんよう。ロザリンド・エブリンさん」

た。
ふんわりと、晴れ晴れしく笑うシエナに見送られて、ローザ達はトランクを持って走っ
騒ぎになっている表玄関の喧噪を背に、使用人用の通用口から外に出ると、そこに止め
られていた馬車に飛び乗る。
「ジョンは馬車を扱えるよね。では手綱はよろしく。隣に失礼するよ。ローザはホーウィ
ック卿と一緒に中に乗って。カーテンはきっちり閉めてね」
「は、はい」
「わかったよ出すぞ！」
ジョンが鞭を入れると、馬達は多少重そうにしつつも、車を引き始めた。
途中、誰かに止められたようだが、アルヴィンがうまく切り抜けたらしい。それ以降は
ゆったりと馬車は走り続ける。
カーテンの隙間からフレッチャーホールが見えなくなったのを見届けたローザは、ほう
と安堵に息を吐く。
すると、はす向かいに座っていたクリフォードが、重々しく問いかけてきた。
「なぜ、私達が囚われているとわかったのだ？」
そのことか、とローザは肩の力を抜いて答える。
「あなた方は遠乗りに出かけて不在だと聞かされたのですが、アルヴィンさんがおっしゃ

ったのです。『あの子は礼儀正しいから先に帰るときには挨拶に来る。予定を変更したのなら従者に伝えさせる。だからあの部屋に誰も居ない時点で、あの子になにかがあったんだ』と。そして、迷いなく助けに行かれました」

クリフォードは驚きに目を見開く。信じられないという面持ちと、なぜそのようなことを言ったのか理解ができない様子だった。

ローザは、酔ったクリフォードと話したことを思い出す。そう、あのときは言いそびれてしまったが、今度こそちゃんと伝えようと口を開いた。

「アルヴィンさんは、確かに人間らしく感情を表される方ではありません。ですが、あの方なりの表し方で人を想われていらっしゃるのです」

「まさか……」

「アルヴィンさんは弟君のホーウィック卿に嫌われたことを、残念がっておられました」

弟、と語ることで、言外に大まかな事情を把握していると告げると、クリフォードは息を呑む。

「君は信じるのか」

「はい。ホーウィック卿、わたしは、初めてあなた様にお会いしたとき、『亡くなった兄が居る』とお聞きしました。そのときに、ホーウィック卿は、こうもおっしゃいました。『まだ、呑み下せていない』と。それは、まだ、アルヴィンさんと歩み寄れるのではないかと考えておられるからではありませんか」

黙り込むクリフォードに向けて、ローザは願いを込めて、続ける。

「今回、アルヴィンさんは、あなたのために行動されていたように思います。ですから、諦めないでいてくださると嬉しいです。話し合っても伝わらないことはありますが、それでも、何度も繰り返すことで伝わるときもありますから」

ローザが伝えられるのはここまでだ。

膝の上で手を重ね、ローザはまっすぐクリフォードを見上げる。

今は少し疲れた様子のクリフォードは、なんと応じるべきかわからないようで、ふっと視線を前方に向ける。

その先には御者台に座っているアルヴィンが居ることを、ローザは知っていた。

終章　ポット(ポットフェアリー)の妖精のためにひと匙を

こんこん、と外から窓を叩(たた)かれたことで、クリフォードは目的地に着いたと知った。

従者のジョンが、なにも言わずとも扉を開けてくれる。

危険もあるとよくよく言い含めた上で同行をさせたとはいえ、先日はかなりジョンに苦労をかけた。だが、もういつも通りに戻っているようだ。

ただ、いつもなら嫌そうな顔をする彼が、複雑そうに青い扉と「青薔薇骨董店(ブルーローズアンティーク)」の看板を見ている。

「いつも通り、少し息を抜いてきなさい」

「……はい、では適当な時間に迎えに来ます」

ジョンは物言いたげな顔をしていたが、おとなしく馬車と共に去っていた。

クリフォードは青い扉へとゆっくり歩いていく。

厳しい寒風がコートの中に忍び込んできたが、それでも青い両開きの扉の前でしばし立ち止まった。

この扉を開けるのは毎回緊張するのだと、誰かに話したとしても信じられないだろう。

クリフォードは高貴なる血筋に生まれ、名門パブリックスクールの出身で、議員としても将来を嘱望されている。完璧で失敗などあり得ず、有能だと受け取られているい年をした男が、たかだか骨董店（アンティーク）へ入るのに毎度尻込みしているなど。

しかし、わずかにあった自信も、フレッチャーホールの一件で粉々に打ち砕かれた。

誰かがグレイ家を、自分を陥れようとしている。

その兆候を感じたのは、グレイ家や自分の周辺で身に覚えのない悪い噂（うわさ）が流れ、親しくしていた者達やその縁者が疎遠になったことからだ。

疎遠になった者になんとか理由を聞き出して、彼らやその縁者がアヘン中毒にさせられ、マクラミンに脅されていると知ったのだ。

さらに警察は彼らをアヘンの道へと誘った黒幕がクリフォードであると疑い、捜査の手を伸ばしてきていた。

クリフォードは自分の潔白を証明するために、すべての元凶であるマクラミンに動かぬ証拠を突きつけ、手を引くように交渉するつもりでフレッチャーホールへ赴いた。

警察を頼らなかったのは、はめられた者達の現状をなるべく外部に晒（さら）したくなかったからだ。マクラミンがなぜ自分に恨みを持つのか、理由はすぐに把握した。だから、警察ではできない方法で彼の息の根を止めるべく準備をし、交渉の場に赴いたつもりだった。

だが、相手が同じ上流階級（アッパークラス）ではなく、別のルールで動いているならず者になりはてていたのだと悟ったのが、従者のジョンを人質に取られたときだ。あまりに遅かった。アルヴィン達が乗り込んでこなければ、自分もまたフレッチャーホールに通う一人になっていたか、家の名誉を守るために自死するしかなくなっていた。

今もクリフォードの胸中は、自分の甘さに対する自己嫌悪でいっぱいだ。

だからこそ、クリフォードはこの青い扉をくぐりアルヴィンに礼を言わねばならない。

今回彼には命だけでなく名誉まで守られたのだ。自分には顛末（てんまつ）を話す義務がある。

そう、己に言い聞かせ、もう一つの理由はひとまず置いておき、ドアノブに手をかけ、店内に入る。

からん、とスズランのドアベルが響く。表に閉店の看板が掛かっていたからだろう、店内には誰もおらず、花と植物と妖精の品が美しく静かに並んでいる。

妖精のモチーフを見るたびに、戻って来た当時のアルヴィンを思い出す。

彼は妖精の世界に行っていたと語った。だがクリフォードは、ここに居るのは兄の皮を被（かぶ）ったなにかで、本当の兄は妖精の世界から帰ってきていないのではと思うときがある。

奥へと進むと、応接スペースからアルヴィンが顔を出した。

クリフォードと同じ金色だった髪は完全に色が抜けてしまい、物理法則ではあり得ないはずなのに、年下になってしまった兄だ。

じわりと苦い思いがわき上がり、クリフォードの顔は自然と険しくなる。妖精に、家に、……そして自分に、様々なものを奪われてしまっても、この男はいつもなにを考えているのかわからない微笑を浮かべている。

「ちょうど良かったね。今淹れようと思っていたところなんだよ。座って待っていて」

今もそう、嫌悪や怒りなどみじんも見せず朗らかに声をかけてくるのだ。

悔しくはないのか、苦しくはないのか。いっそのこと怒りに任せて罵ってくれれば良いのにと、何度思ったか。実際にそう言ったところで、曖昧な表情を浮かべるのだ。クリフォードが泣いて再会を喜んでも、無感動に見下ろしてきたときと変わらずに。

とはいえ、今回クリフォードは招かれた側だ。礼儀を尽くされたのなら、それに応えなければならない。

クリフォードは気まずさを押し殺して応接スペースへ進み、勧められた椅子に座る。

テーブルの上には、ティーポットとカップのほかに、湯を沸かすためのティーケトルまであり、注ぎ口からは湯気が立っていた。

つまり、今ここで茶を淹れようとしていたということだ。

「お前が茶を淹れるつもりなのか？」

「おや、声に少し非難の色が感じられるね。今回は許して欲しいな。ローザは買い出し中だし、なにより、僕のほうが淹れるのがうまいからね。僕もお茶を淹れるのは楽しい」

がつん、と言葉で殴られたような気がした。

ずっと、使用人がするようなことまでしている彼に、負い目を感じていた。貴族階級から追い出されてしまったせいで、些細(ささい)なことに煩わされるようになったのだと思っていたからだ。だから、自ら進んでしているという発想がなかった。

クリフォードが衝撃で硬直している間に、アルヴィンは慣れた手つきでポットに茶葉を入れると、沸かし立てのお湯を注ぎ、布を被せる。砂時計をひっくり返したところで再び奥へ引っ込むと、手に持ってきたのは茶菓子の皿だ。

皿に盛られているのは、長方形で乳白色をしたショートブレッドと、キャロットケーキだ。

どちらも、昔、乳母におやつとして出してもらった懐かしい味である。大人になってからは菓子を欲しがるのも決まり悪く、全く口にしていなかった。けれど、目の前にすると懐かしさがこみ上げてくる。

銀色の髪が視界に映り視線を上げると、アルヴィンに顔を覗(のぞ)き込(こ)まれていた。

「これ、子供の頃は好きだったよね。クレアにお願いして作ってもらったんだ。昔と同じようなメニューにしてみたよ」

また懐かしさが増す。アルヴィンとクリフォードの面倒をみてくれた乳母は、おやつの時間にはあまりうるさく言わなかった。皿にある分は好きなだけお菓子を食べさせてくれたのだ。母に見つかればあまりの行儀の悪さに卒倒されそうな、紅茶にショートブレッドを浸して食べた味は今でも覚えている。

「……なぜ今さら」

とがった声が出てしまい、後悔する。そのようなつもりはなかったのに、あまりに非友好的だった。十数年この繰り返しなのに、クリフォードはやめられない。

ふと視線を感じて下を見ると、足下に青みがかった灰色の毛並みをした猫がいた。この店に来るたびに現れる猫だ。特段動物に対して思い入れはないため、クリフォードは放置していた。ただ今日の金の眼差しは物言いたげに思え——……猫に対してなにを馬鹿なことを考えているのかと、クリフォードは心の中でかぶりを振る。

アルヴィンはクリフォードのとがった声を気にすることなく、向かいに座った。

「ローザが言ったんだよ。ちゃんと言葉で話しても伝わらないことはあるから、仲良くしたいときは何度も挑戦しなければいけないって。僕もフレッチャーホールの一件で実感したから、君に腰を据えて聞いてみようと思ったんだ」

ローザ、という名を聞いて、クリフォードは不思議な青い瞳をした少女を思い出す。青の中にきらきらと朝露のような金を帯びた華やかな瞳をしていた。

あの瞳の前に立つと、なぜか胸の奥底に沈めていたはずの本音が口を突いた。初めて会ったときも、兄の話をする気はなかったのだ。さらに、フレッチャーホールでの夜は酔っていたとはいえ、あそこまで醜態を晒したのは、あの青の瞳だったからだ。

そういえば、あの青と金の瞳をどこかで見たような気がした。つい最近ではない。どこか、遠い記憶で……。

無意識に思い起こそうとしたところで、彼女に言われたことが脳裏に蘇る。

『アルヴィンさんは、確かに人間らしく感情を表される方ではありません。ですが、あの方なりの表し方で人を想われていらっしゃるのです』

あのときはまさかと思った。こちらは十数年諦めてきたのに、たかだか半年過ごしただけの娘になにがわかる、と怒りさえ覚えた。けれど。

「似たようなことを、彼女に言われた」

諦めないで欲しいと願われた。自分はどうしたいのかまだわからないが、こうして彼の前に座っている。

思わずこぼすと、アルヴィンは困ったように眉尻を下げながら、テーブルの上で手を組んだ。そして、クリフォードと同じ銀灰の瞳で見つめてくる。

「君は、僕を忌避しているように見えるのに、どうしてここに来るのだろうか」

迂遠さも、配慮もない鋭い刃のような率直な言葉だった。だが、ここで投げやりになってしまえば、今までと同じだ。

さらさらと砂時計の音だけが響く。

クリフォードは、膝の上で握り合わせた拳に力を込めて、ようやく重い口を開いた。

「私は、あなたが本来受け継ぐはずだった爵位や立場を奪ったようなものだ。だが一度も恨み言を言われたことがない。あなたがどう考えているのか、なにか思うことはないのか、知りたかった」

あのときの言葉を謝りたい、などと今さら言えないし、今でも自分の胸の中にくすぶる気味の悪さはなくなっていない。だが、口にした問いもまた、知りたいことだった。

手のひらが緊張でじっとりと湿っているのがわかる。アルヴィンはゆっくりと瞬いた。

「なんだ、そのようなことか。理由は簡単だよ。君が爵位を継ぐのは当然のことだと思っているからだ」

あっけらかんと告げられて、その場しのぎの言葉かとクリフォードはかっとなりかける。だが、カップにミルクを注ぐアルヴィンに、いつもの微笑はなかった。

「僕は妖精の世界に行く前に、短い間だったけれど次期伯爵としての教育を受けた。覚えなければならないこと、しなければならないことは膨大だったね。休みなく学んだとしても、当主として十全に務められるかは別の話だ」

全くその通りだった。クリフォードが学んだものは、知識だけではない。人脈を作り、人々を繋(つな)ぎ、彼らの話を理解するためにまた知識を得なければならない。恨みを買うことも多く、私情を挟まずに手を組む判断が必要なときもある。座学だけではなく実地で学ばねばならないことも多々存在した。

「ミルクは、少し多めだったね。今も変わらない？」

「ああ、そうだ」

一旦話を止めたアルヴィンの問いかけに、反射的に答えたクリフォードは笑みのない彼の表情に引き込まれる。

「君は僕が居なくなっていた七年間で、それを身につけて、不足無く振る舞えるようになっていた。誰も君の能力を疑う者は居ない。それは間違いなく、君の努力だ」

「だが……」

「今の僕は共感能力が著しく欠けている。領民や国民のことを考えて貴族として規範を示し、領地の経営をするなんてことはできないし、敵地に進んで付いてきてくれる使用人なんてのも居ないさ。だから僕は、爵位を継ぐのが君で良かったと考えているよ」

クリフォードの脳裏にジョンの姿が思い浮かぶ。フレッチャーホールに行くときも、なんらためらうことなく同行した。領民もそれなりに歓迎してくれているように感じる。

「それに、君が継いでくれたおかげで、僕は店を開いたり、したい研究に打ち込めるからとても気楽だ。君もなんだかんだ資金援助をしてくれるからね」

「あけすけに言い過ぎではないか……」

「おや、でもそういうことが聞きたかったのではないかな？」

少し胸にこみ上げかけていた感情が冷えた。が、アルヴィンの切り返しもその通りではあったので、クリフォードは肩の力が抜ける。

クリフォードにティーカップを差し出すアルヴィンは、「強いて言うのなら」と付け足した。

「――僕にはどうにもできなかったとはいえ、僕が背負うはずだったものを君にすべて背負わせることになったのは、悪いことだったなとは考えているよ」

ティーカップを受け取りかけた手が、虚空をさまよった。

顔を上げると、アルヴィンの面差しは愁いを含んでいて、クリフォードの知る悲しみの表情に思えた。まだ幼かった頃によく見た表情だ。

今まで聞いたことはなかった本心だ。

「兄さん……」

気がつけば、口を突いていた。ずっと呼びかけまいとしていたその単語は、確かにアルヴィンへ届く。そして、アルヴィンの瞳が不思議そうに瞬いた。

「おや、僕のことをそう呼びたくないものだと考えていたよ。昔、僕が君を名前で呼ぶのを嫌がっただろう。まあ、年齢が逆転してしまったのだし、そう呼ぶのもしっくりこないのは当然だろうけれどね」

自分で納得したらしく、しみじみとするアルヴィンに、クリフォードはまさかということに気づく。

「私があなたのことを兄と呼ばないから、ずっと爵位で呼んでいたのか……？」

「そうだよ。さすがに感情が足りない僕でも、一般的に相手が嫌がる呼び方をするのは、嫌がらせだというのは知っている。そして僕は君に嫌がらせをしたくなかった。と、すると僕が使える呼称はホーウィック卿くらいなものだろう？」

当然とばかりに答えられ、クリフォードは唇を戦慄かせた。

今も傷ついた様子も恨みが混じる気配もない、変わらぬ微笑を浮かべる男を凝視する。

――知らなかった。ずっと気味の悪い別の生き物になってしまったのだと思っていた。

なのに彼は、クリフォードと同じように十年以上前の衝動的な言葉を覚えていて、律儀に守り続けていたのだ。

気を落ち着けようと、クリフォードは目の前のティーカップを手に取り一口飲む。

ほのかなベルガモットの香りと、柔らかい紅茶の香りが鼻孔をくすぐる。

クリフォードが家庭教師に怒られて落ち込んだときに、アルヴィンが不器用に紅茶を淹れてくれたことがあった。とても渋くて飲めたものではなくて、ミルクをたっぷり入れてさらに砂糖を追加して飲んだ。アルヴィンは申し訳なさそうに謝りながら、自分の分のショートブレッドを分けてくれたのだ。

ずっと、好きだった兄は消え去ってしまったと思っていたのに、こんな不器用で優しいところは、かつての兄を強く想起させた。

　ぐっと目頭が熱くなるのをこらえる。クリフォードは、自然と頭を下げていた。

「あのときは、すまなかった」

　ようやく絞り出せた謝罪だったのに、顔を上げた先でティーカップを持ったアルヴィンは、きょとんとしていた。

「うん？　君に謝られることがあっただろうか」

「私があなたに名前で呼ぶなと拒絶したときのことだ！　……あの頃は自分も幼かった」

　自分で説明をしなければならなくなり、もはややけっぱちな気分で語ると、アルヴィンはいきなり顔を覗き込んできた。

　かろうじてティーカップは落とさなかったが、唐突な行動に心臓はばくばくと鳴る。

　硬直するクリフォードをじっくりと観察した彼は、納得したようにひとつうなずいて離れた。

「当時はまだ感情を表情から推測できなかったし、君の表情が硬かったから拒絶だと考えていたけれど。……もしかして、今まで僕に抱いていた感情は、罪悪感だったのかな」

　そんな簡潔な言葉で収まるような感情ではない。けれど、一番ふさわしい表現ではあるだろう。クリフォードはぐしゃぐしゃな胸中のまま、ぐっと眉間にしわを寄せた。

「……そういうことを、わざわざ口に出して指摘するな。大人であれば察するものだ」

「僕には無理かな。今でも確信が持てないのだもの。だけど口にした言葉がすべて本心というわけではなかったんだね。なら僕は僕の推測を信じようか」

「もう好きにしてくれ……」

話せば話すほど、普段付き合う人物達とは違うことばかりで、クリフォードは対処の仕方がわからず頭を抱えたくなる。自分の常識が通用しない部分も含めて、アルヴィンが苦手になったことを今さらながらに思い出した。

アルヴィンは不思議そうにクリフォードを見つめていたが、ふと口を開く。

「そうだ、推測を信じるとしても、僕の考えは口にしないと伝わらないのだったね。ローザに言われたのだった」

「今度はなんだ」

きっとろくなことではない、と若干投げやりな気分で促すと、アルヴィンはほんの少し口角を上げて言った。

「僕はね、年下になって立場が変わったとはいえ、君がどう思っていたとしても、君は僕の弟なのだと考えているよ」

今度こそ、クリフォードは言葉をなくした。

上流階級として本心を悟らせない習慣も、彼に対して意固地になりねじくれていた感情も飛び越えて、アルヴィンの声が胸に飛び込んでくる。

とっさに答えられず、場を繋ぐ話も持ち出せず、無様に視線をさまよわせる。結局見たのはカップの中だ。少し残ったミルクティーの独特の美しい色彩が沈殿している。

まだクリフォードの中に、目の前の銀髪の青年を気味悪いと感じる心はある。「帰ってきた」当初の彼の姿が脳裏にこびりついて離れない。なにも知らずに慕っていた頃には戻れないのだ。

——けれど、年を重ねた今なら、折り合いをつけられる部分もあるのではないか。

『ですから、諦めないでいてくださると嬉しいです』

少女の真摯な言葉が耳に蘇る。

カップに残った紅茶を飲み干し、喉を湿らせる。改めて語る気恥ずかしさと、伝わらなかったらという恐れがない交ぜになって口を重くする。喉はすぐにからからに渇いた。

「色々、ややこしくは、あるが……」

目なんて合わせられなかった。

それでも、クリフォードはその言葉を絞り出した。

「あなたが、私の兄であることに、変わりはない」

だから、以前のように名前で呼んで欲しい。

アルヴィンにははっきりと伝えなければ通じない、とはわかっている。だがそう続けることはできなかった。いいや、さすがに子供じみていて、己の矜持が邪魔をしたのだ。

まあ良い、長年伝えられなかったことを言葉にできただけでもよしとしよう。

自分に言い聞かせたクリフォードは、表情をいつも通りに戻し、顔を上げる。

アルヴィンは先ほどと変わらぬ微笑を浮かべていた。彼はそういう人間だ。表情から殆ど思惑や感情を読み取れない。緊張したのが馬鹿らしくなり、肩の力が抜ける。

だが、これでいい。クリフォードが見るともなしにアルヴィンの動作を追っていると、彼はティーポットを手に取った。

「そう。じゃあクリフ、お茶はもう一杯いるかな」

「……は？」

なんと言われたかわからず、間の抜けた声が出た。

虚を突かれ、驚いた顔をするクリフォードを見て、アルヴィンは不思議そうにする。

「なぜそのように驚いているのかな。君が僕を兄だと思っているのなら、僕が爵位で呼ぶのはおかしいよね」

「ああ、まあそう、だが」

「もちろん、対外的な場では爵位で呼ぼう。場を混乱させるのは良くないし、君の立場もあるからね。ほらクリフ、お菓子にも手をつけてないし、まだ君からフレッチャーホールでの一件の事後報告も聞いてない。僕もセオドアから聞いた話を君に話せていないんだ。もう少し付き合ってくれないと困るのだけど」

屈託なく話すアルヴィンは、本当にその程度にしか考えていないのだろう。

それくらいはクリフォードにも理解できた。だが自分が抱えてきた十数年分の葛藤をこんなに簡単に解消されて、若干恨めしさを感じるのは仕方がないと思うのだ。

いつまでも話さないクリフォードを、アルヴィンは覗き込んでくる。

「どうしたの。眉間にしわが寄ったままで、頬が微妙に強ばっている。なんだかとても物言いたげな表情をしているけれど」

「……あなたは本当にぶしつけだな、と思っただけだ。まあいい、ミルク多めでもう一杯いただこう」

「わかったよ。今日はポットの妖精の分まで淹れたから、おかわりもたっぷりあるんだ」

アルヴィンから自然に持ち出される妖精の話に、クリフォードはあまり心がざわめかないことに気づく。

新たに茶を注がれたティーカップを受け取りながら、問いかけてみた。

「ポットの妖精とは、なんだ」

ずっと目の敵にしていたが、今日は幾分ましに聞けそうだ。

自分と同じ色彩の銀灰の瞳が輝くのを見ながら、クリフォードは手に取ったショートブレッドを、ミルクティーに浸したのだった。

＊

配達された荷物を受け取ったアルヴィンが、なかなかバックヤードから帰ってこない。

不思議に思ったローザが、そっとノックをすると、朗らかな声で許可を出された。

バックヤードに入ると、作業台として置かれているマホガニーの机の前に陣取ったアルヴィンが居る。

彼はなぜか目元に大きなめがねのような物をかけており、机の上には箱から出したばかりだろう、大きさの違う硝子(ガラス)製のグラスが並べられていた。その隣には湯気の立つティーケトルがある。

「アルヴィンさん、なにをしていらっしゃるのですか」

「やあ、これからするところだから、そこで見ていて」

困惑しながらもローザがその場に留(とど)まっていると、アルヴィンはティーケトルで沸かした熱湯を、驚くことにグラスに注いだのだ。

青ざめたローザが止める間もなく、熱湯を注がれたグラスはことごとく割れてしまう。

熱湯は周到に用意されていたお盆とタオルでせき止められたが、それでも大惨事だ。

ローザは慌てて駆け寄った。

「アルヴィンさん、お怪我はありませんか。一体どうしてこんなことを……!」

「やっぱり、熱湯を注ぐと割れるよね」

割れたグラスを慎重に持ち上げて観察しているアルヴィンが、なにを知りたいのか全くわからない。

けれどローザの疑問に気づいた彼は説明してくれる。

「ウォルターが会ったリャナンシーはシエナで間違いなかった。僕達もそう報告したね」

「そうでしたね。あまり大きくはありませんでしたが、新聞にも取り上げられて、フィッチさんも様々なことを察しておられたようでしたし」

ローザ達が脱出したフレッチャーホールには、その後警察が突入した。

倉庫を急襲した警察というのは、地元の警察と連携したセオドアだった。アルヴィンはあらかじめセオドアと共に、密輸物資用の倉庫を見つけ出していたのだ。二日目の午後にアルヴィンが居なかった理由は、セオドアと倉庫探しをしていたからだという。

そして、倉庫を見張っていたセオドア達は、三日目にたまたま早く着いた取引先の人間が指名手配犯だったことから突入を強行。アヘン密輸の証拠を押さえ、倉庫の持ち主であるマクラミンを捕まえる算段をつけて乗り込んだ、ということだった。

マクラミンは、自室の金庫の前で倒れていたところを発見された。傍らに注射器と空のモルヒネの瓶があったことから自殺を図ったのだろうと考えられている。その場で死んでもおかしくない量だったというが、一命をとりとめていた。病院に運ばれた彼は治療を受けているが、厳しい取り調べが待っている。

あの後、シエナは清楚なドレスに黒いレースのヴェールを着けた姿で、青薔薇骨董店に現れた。ゴシップを避けて、遠方に嫁いだ仲の良い姉を頼り療養をしに行くという。

離婚できるかはわからないがと控えめに言ってはいたが、すっきりした顔で、ウォルターが描いたボタニカルアートを引き取っていった。

ローザが優しい風合いのドレスがよく似合うシエナの後ろ姿を思い返す一方で、あごに指を当ててアルヴィンは考える風だ。

「けれど、彼が見つけた透明なティーカップはなにかという謎は解けていないんだよ」

「そう、いえばそうですね。フィッチさんは熱々の紅茶を注いでも透明なティーカップは割れなかったとおっしゃっておりましたし」

「だからクリフに頼んで様々なグラスを取り寄せて実験していたんだ。結果がこれ」

アルヴィンが指し示す割れたグラスを見ながらも、ローザは彼が自身の弟を「クリフ」と呼んだことに安堵していた。

お節介も甚だしいと理解していたが、すれ違うアルヴィンとクリフォードが歩み寄れればと思って進言した。それでも彼らの意思がなければ実現しなかっただろう。

あの日はずいぶん話し込んでいたようで、ローザがお使いから帰ってきた後も会話が途切れる様子はなかった。その後迎えに来た従者のジョンに、紅茶を振る舞ったほどだ。

ローザとジョンを待たせていたと気づいたクリフォードは、決まりが悪そうだった。

「なにか楽しいことでもあったのかな？」

アルヴィンに思い出し笑いを見つかり、少々気恥ずかしくなったローザは本題に戻す。

「申し訳ありません、アルヴィンさん。つまり、フィッチさんがご覧になったあの透明なティーカップは硝子製ではない、ということでしょうか」

彼は不思議そうにしながらも、好奇心のほうが勝ったのだろう、話を続けてくれた。

「そうなんだよ。硝子は六十度以上になると割れてしまう性質がある。急激な温度上昇に弱いんだ。どこかでは温度差に強い硝子の研究はされているだろうけれど、現状ではティーカップとして使える強度の硝子製品は作れない。それでもウォルターもシエナも『透明なカップに淹れ立ての紅茶を注いで飲んだ』と証言していた。にもかかわらず、現物は見つかっていない。僕もかなり探したのだけれど、フレッチャーホールの使用人に聞いても、キッチンを見てもそれらしい透明なカップは見つからなかったんだ」

「たびたびお姿が見えないと思っておりましたら、そのようなことをなさっていたのですか」

フレッチャーホールでのアルヴィンの行動を今になって知り、ローザは若干あきれてしまったが、アルヴィンは平然とした態度だ。

「様々な方面から検証しなければ、妖精の正体にはたどり着けないからね。それでだ、ここで取り上げるべきは、その透明なカップを見つけたウォルターが植物画家として雇われることになった……いわば出世したことだね」

あまりに話が飛んだ気がして、ローザは面食らう。だが、ウォルターにことの顚末を報告した際、彼が照れくさそうに話してくれた言葉が耳に蘇った。

『なんでも、植物画は植物を見たまま正確に描くのが大事だそうで、植物園の後援をしている資産家が、僕のスケッチを見て気に入ってくださったそうなんだ。お抱えの植物画家として雇ってくれて、今も依頼が止まらなくて……ありがとう！　これで好きな絵を続けられるよ！』

彼はシエナの話を聞くと、悲しそうにしながらも絵を一枚託して言った。

『僕にとっては、マクラミン夫人こそがリャナンシーだったんです。彼女のおかげで、描くことに自信が持てた。僕はまだただの駆け出しの絵描きですが、もっと絵で稼げるようになったらお礼を言いに行きます。今はせめてこれを夫人に渡していただけませんか』

今頃、シエナの元に彼の絵が届いている頃だろう。

水彩で着色されたシエナの肖像画だった。彼女が押しつけられた印象をすべて取り払った、もの寂しげだが温かな表情を浮かべた美しい絵だ。

彼女の慰めになれば良い、とローザも願っている。

　ただ、今急にその話をする理由はなんだろうか。ローザがアルヴィンを見返すと、彼は瞳に好奇の光を宿して続けた。

「実はリャナンシーは地域ごとに違っていてね、死のミューズとしてのリャナンシーはエルギスの西の地域に伝わる話だけれど、もう一つ。エルギスと海を挟んだ西側にあるケイル島にも別のリャナンシーの伝承があるんだ」

　ローザは、以前アルヴィンが、『リャナンシーには二つの伝承がある』と話していたことを思い出す。

「ケイル島の伝承は、どういう物なのでしょう？」

「ケイル島の伝承では黄色いシルクのローブを来た美女で、取り憑いた若者にしか姿は見えず、誘惑して殺す恐ろしい存在だよ。けれどとある一族の守護霊となったリャナンシーは、一族に不思議な力を持つ『水晶杯』を与えたと言われている」

「水晶杯……？」

　その単語で、ローザはウォルターに見せられた「透明な把手のないカップ」のスケッチを思い出した。

　ローザが思い至ったことが表情でわかったのだろう、アルヴィンはうなずいてみせた。

「そう、あのカップだ。古い形式のティーカップと考えるにしてもソーサーがない。ならばティーカップではなく、ゴブレットやそれに類する品だと考えたほうがしっくりとくる。

そして、ケイル島で伝えられるリャナンシーは、杯がある限り一族が繁栄する祝福を与えたという逸話がある」

アルヴィンは割れた硝子を古新聞に包みながら、銀灰の瞳をきらきらと輝かせた。

「さらに不思議なことに、シエナはアヘンの中毒症状がきれいに消えていたというね。彼女もカップに触れ、お茶を飲んだという。いわば恩恵を受ける『所有』の条件に入ったとも言える。ウォルターが出会ったリャナンシーはシエナで間違いはなかった。けれど、彼はその間に本物にも出会っていたのかもしれないね」

「一体、どうだったのでしょうね……。あ、アルヴィンさん、片付けをお手伝いします」

話に圧倒されてしまったローザだったが、アルヴィンが硝子の破片を片付けているのに気づいて我に返り、ゴミ箱とタオルを持ってくる。

彼はお礼を言いつつも、心底残念そうにため息をついた。

「本当に、現物を見つけられなかったのが残念だよ」

彼は、自分の身になにがあったのかを知るために、妖精を追い求めている。その手がかりがあと一歩のところで手にできなかったのだ。落胆するのも無理もない。

とはいえ、だ。実験に使った硝子をきれいに片付けた後、ローザはどこか消沈しているように見えるアルヴィンへ言った。

「落胆されておられるでしょうが、アルヴィンさんは今回、多くの方が不幸になるのを防がれました。それはとても良いことだったと思います。ホーウィック卿とも少し歩み寄れたようですし」

クリフォードが諦め、アルヴィンを見限っていたのであれば、なにもできることはなかった。けれど、彼は悩みながらも兄を慕っていた。

ローザにとって、家族は亡き母ソフィアだけだった。その母と険悪になったり疎遠になったりすると想像するだけで、とても恐ろしい。

だからこそ、ほんの少しでも、彼らのねじれた糸がほぐせれば良いと願った。

シエナについてはもっとローザの個人的な理由からだった。うつむいてばかりだった以前のローザにそっくりだった彼女を、少しでも楽にしてやりたかった。

どちらもローザにできることは本当にささやかで、本人達に勇気がなければただのお節介に終わっていた。

アルヴィンはゆっくりと瞬くと、眉尻を下げる。

「君が働きかけてくれたから、解決できたんだよ。君がシエナの心を見つけなければ、彼女の協力は得られなかった。クリフも最悪の状況になっていたかもしれない」

いつもの微笑がないアルヴィンは、妖精のように美しい容貌が際立ち、現実味が薄れてしまう。どこかへ消えてしまいそうに淡くなる。

ローザはフレッチャーホールで起きた様々な出来事を思い返す。ローザにしてみればただ彼らが不幸にならないよう願って行動しただけだった。それでも、ローザが目を背けず一歩踏み出したことで変わったのであれば、良かったと思う。

ただ肝心のアルヴィンは、どうだったのだろうか。彼の感情を掬い上げられていただろうか。

「わたしは、アルヴィンさんの心のことも、証明できておりましたか」

不安になっておずおずと問い返すと、アルヴィンが手を伸ばしかけ、ふと止める。

「あのね、握手をしても良いかな」

「ええと、はい。良いですよ」

神妙に確認してくるアルヴィンに、なんだか肩の力が抜けたローザが了承すると、伸ばされた手がローザの手を握った。手袋を脱いだ骨張った手は水仕事をしていたのにほんのり温かい。彼は確かに、そこに居る生きた人間なのだ。

「感情は、やっぱりわからないけれど、僕は不快な気持ちになっていないし、クリフとまた話せるのは良いことだと感じている。今回の一件は僕達ができうる中で一番良い方法で解決できたと思うよ。君を連れて行って良かった。ありがとう」

アルヴィンに礼を言われ、ローザは安堵に包まれた。

「わたしも、アルヴィンさんのお役に立てて良かったです」

証明する、などと傲慢なことを宣言したと後悔するときもあった。

けれど、こうして満足しているアルヴィンを見て感じて、彼の心に寄り添えたことがわかり嬉しかったのだ。

はにかんだローザは、アルヴィンの手をそっと握り返す。

少しだけ目を見張ったアルヴィンは、なにかを言おうと口を開きかける。

しかし言葉になる前に、「なあお」とエセルの鳴き声が響いた。

ローザが振り返ると、彼は店舗へ繋がる扉の前で佇んでいる。

どうやら向こう側に行きたいらしい。

「わかったわエセル……はい、どうぞ」

ローザがアルヴィンの手を離して扉を開けると、エセルは尻尾をピンと立て、悠々と向こう側へ歩いていった。

ちょうどスズランのドアベルが鳴り、来客を知らせる。

「もう開いているかしら？　店主が居ると良いのだけど」

現れた貴婦人に、ローザは柔らかく微笑むと、軽く膝を折った。

「はい、開いております。少々お待ちくださいませ」

貴婦人がうなずいて店内へ入ってくるのを見届けてから、バックヤードに居るアルヴィンを振り返った。

「アルヴィンさん、お客様がいらっしゃいました」

「……あ、うん。わかったよ。ローザ、悪いけど残りの片付けをお願いして良いかな」

「もちろんです」

彼は不思議そうにローザの手を握っていた自分の手を見ていたが、店舗へ去っていった。

一人バックヤードに残されたローザは、丁寧に硝子（ガラス）を片付け終えた後、そっと服の下に着けているロケットを取り出した。表面にトカゲに似た火の精霊サラマンダーが彫金された、大ぶりのロケットだ。

開くと鏡面があり、ローザの幼げな顔を静かに映している。けれどローザはこの鏡に光を反射させると、父と母の肖像画が浮かび上がる魔鏡だと知っている。

アルヴィンが教えてくれた。

しかし、同時に彼がつぶやいたことを覚えてもいた。

「今の技術では、肖像画を正確に再現できるほど細密に彫って魔鏡にする技術は、ないのでしたよね」

そう、リャナンシーの水晶杯と同じように。

では、この魔鏡を作ったのは、一体どのような人なのだろうか。

――もしかして、アルヴィンが追い求める妖精が、自分の両親にも関わっていたのだろうか。

ローザは思わぬところで遭遇した奇妙な符合に、不思議な気持ちを抱えて、しばしロケットを見つめる。

サラマンダーの瞳に塡まるルビーが、鮮やかに輝いた気がした。

＊

貴婦人の話と要望に相づちを打っていたアルヴィンだったが、頭の隅では先ほど握ったローザの手の感触と、自分の体調の変化に思いをはせていた。

感謝を表すのに握手がふさわしいと、とっさに手を握ろうとしてしまった。ローザの手は、自分よりもずっと小さくて、体温が低くて柔らかかった。

はにかんだ顔が可愛らしいなと思い、瞳に少し金が散っているのを見つけて、胸が熱くなった。

とっとっとっと、心臓が今も速い。無意識に胸を押さえる。

「……なぜ、鼓動が速くなっているのだろう？」

「どうかなさいました？」

「ああいや、玄関を彩るのにふさわしい飾り物を探しているのだったね。では――」

貴婦人に問いかけられたアルヴィンは、ひとまずその疑問を置いたのだった。

この作品はフィクションです。
実在の人物や団体などとは関係ありません。

お便りはこちらまで

〒一〇二―八一七七
富士見L文庫編集部　気付
道草家守（様）宛
沙月（様）宛

取材協力
ジュリスティールーム　麻布十番店
宮脇樹里

富士見L文庫

青薔薇（ブルーローズ）アンティークの小公女（しょうこうじょ）2

道草家守（みちくさやもり）

2023年1月15日　初版発行

発行者　山下直久
発　行　株式会社 KADOKAWA
〒102-8177　東京都千代田区富士見2-13-3
電話　0570-002-301（ナビダイヤル）

印刷所　株式会社暁印刷
製本所　本間製本株式会社
装丁者　西村弘美

定価はカバーに表示してあります。

◇◇◇

●お問い合わせ
https://www.kadokawa.co.jp/（「お問い合わせ」へお進みください）
※内容によっては、お答えできない場合があります。
※サポートは日本国内のみとさせていただきます。
※Japanese text only

ISBN 978-4-04-074707-1 C0193

王女コクランと願いの悪魔

著／入江君人　イラスト／カズアキ

「さあ、願いを言うがいい」
「なら言うわ。とっとと帰って」

王女コクランのもとに現れた、なんでもひとつだけ願いを叶えてくれるというランプの悪魔。願うことなどなにもないと言い放つコクランから、なんとか願いを聞き出そうとつきまとう悪魔だったが――。

【シリーズ既刊】1～2巻

富士見L文庫

「女王オフィーリアよ」シリーズ

著／石田リンネ　イラスト／ごもさわ

私を殺したのは誰!? 女王は十日間だけ生き返り、自分を殺した犯人を探す

「私は、私を殺した犯人を知りたい」死の間際、薄れゆく意識の中でオフィーリアはそう願う。すると、妖精王リアは十日間だけオフィーリアを生き返らせてくれた。女王は己を殺した犯人を探し始める——王宮ミステリー開幕！

【シリーズ既刊】1～2巻　①女王オフィーリアよ、己の死の謎を解け　②女王オフィーリアよ、王弟の死の謎を解け

富士見L文庫

犬飼いちゃんと猫飼い先生
ごしゅじんたちは両片想い

著／竹岡葉月　イラスト／榊 空也

何度会っても、名前も知らない二人の想いの行方は？
もどかしい年の差&犬猫物語

僕、ダックスフントのフンフン。飼い主の藍ちゃんは最近、鴨井って人間の雄を気にしてる。鴨井だって可愛い藍ちゃんに惹かれてる。けど、僕は鴨井が藍ちゃんに近づけない重大な秘密も知っているんだ！　その秘密はね…。